シュガーアップル・フェアリーテイル

銀砂糖師と灰の狼

三川みり

17348

角川ビーンズ文庫

CONTENTS

シュガーアップル・フェアリーテイル
銀砂糖師と灰の狼

シュガーアップル・フェアリーテイル

STORY&CHARACTERS

妖精
ミスリル

戦士妖精
シャル

銀砂糖師
アン

銀砂糖妖精
ルル

銀砂糖師
キャット

砂糖菓子職人
キース

ハイランド王国 王城の人々

国王
エドモンド二世

王妃
マルグリット

王国の重臣
ダウニング伯爵

今までのおはなし

盟友キースに、一緒に工房を立ち上げようと誘われた、銀砂糖師のアン。しかしその矢先、銀砂糖子爵のヒューから、王城へと呼び出される。そこで聞かされた大切な仕事とは、王家が500年に亘り秘匿していた銀砂糖妖精の技術を受け継げ、という驚きのものだった。見たこともない技術を学ぶことになったアンたちだが、銀砂糖妖精ルルは人間にしか技術を受け継げないことに絶望していた。シャルとアンたち職人の努力で、ルルの技術は妖精にも解放されることになるが……。

砂糖菓子職人の3大派閥

3大派閥……砂糖菓子職人たちが、原料や販路を効率的に確保するため属する、3つの工房の派閥のこと。

銀砂糖子爵
ヒュー

ラドクリフ工房派
工房長
マーカス・ラドクリフ

マーキュリー工房派
工房長
ヒュー・マーキュリー
（兼任）

ペイジ工房派
工房長
グレン・ペイジ

砂糖菓子職人
ステラ・ノックス

工房長代理 銀砂糖師
ジョン・キレーン

工房長代理 銀砂糖師
エリオット・コリンズ

Key word

砂糖菓子……妖精の寿命を延ばし、人に幸福を与える聖なる食べ物。

銀砂糖師《ぎんざとうし》……王家から勲章を授与された、特別な砂糖菓子職人のこと。

銀砂糖子爵《ししゃく》……全ての砂糖菓子職人の頂点。

銀砂糖妖精……至上の砂糖菓子を作る妖精。その技術は銀砂糖子爵のみに受け継がれてきた。現在、銀砂糖妖精はルル一人しかいない。

本文イラスト／あき

一章　シルバーウェストル城会議

鐘《かね》の音が響《ひび》きはじめる。その音でアンは目が覚めた。目を開けると、周囲はうっすらと明るかった。梁《はり》が渡《わた》してある、斜《なな》めに傾斜《けいしゃ》した見慣れない天井《てんじょう》が見える。

——あれ？　ここ、どこだったっけ。

一瞬《いっしゅん》自分が何処《どこ》に寝《ね》ているのかわからなかったが、同じベッドの毛布の中で、湖水の水滴《すいてき》の妖精《ようせい》ミスリル・リッド・ポッドの寝息《ねいき》が聞こえる。なんとなくほっとする。そして思い出した。

——そうか。ここはルイストンだ。

アンはベッドから滑《すべ》りおりると、裸足《はだし》のまま板張りの床《ゆか》を踏《ふ》んで窓辺に行き、カーテンを開け窓ガラスを開け放った。

窓を開けると、屋根の上にいた鳩《はと》の群れが一斉《いっせい》に飛び立った。その後さっと、新鮮《しんせん》な空気が流れ込む。木綿《もめん》のレースをあしらった寝間着《ねまき》の襟首《えりくび》を、春のやわらかい風が撫《な》でる。

窓から隣家《りんか》の赤茶色の屋根が見下ろせた。早起きの虎猫《とらねこ》が、悠然《ゆうぜん》と屋根の棟《むね》を歩いている。

隣家の屋根の向こうにも、別の家の屋根が続いている。

ここはルイストンの西の市場近くにある建物の二階だ。

家並みの上には、薄紫《うすむらさき》の朝の空が広がっている。平べったい石造りの街中に、すっくりと立ちあがっているのは聖ルイストンベル教会の鐘楼《しょうろう》だ。大小いくつもの鐘が、競《きそ》うように高い音低い音を響かせていた。

「……朝か」

シャルの声がしたので、そちらをふり返った。

部屋の奥の壁際《かべぎわ》には、ヘッドボードに小さな花模様を透《す》かし彫《ぼ》りしたベッドと、衣装箱、洗面用の棚《たな》がある。そして出入り口扉《とびら》の脇《わき》には、長椅子《ながいす》が置いてあった。

黒曜石の妖精シャル・フェン・シャルは昨夜はその長椅子に寝た。長椅子の端《はし》から、シャルの膝《ひざ》から下のすらりとした足がはみ出ている。

シャルはゆっくりと上体を起こし、物憂《ものう》げに前髪《まえがみ》をすく。落ちかかる髪が睫《まつげ》に触《ふ》れる。ぼんやりとした明るさの中でも、黒い瞳《ひとみ》と髪、白い肌《はだ》が際《きわ》だつ。羽は根元から徐々《じょじょ》に色が薄《うす》くなる淡《あわ》い緑色をしており、さらりと長椅子の上に流れていた。彼に触れる空気が、わずかに輝《かがや》きをおびるように見える。彼の指先も頬《ほお》の線も、首筋も、何もかもが端麗《たんれい》だ。

「おはようシャル。眠《ねむ》れた？　そこ、窮屈《きゅうくつ》だったでしょ？　今日、ベッドを買いに行かない？」

シャルは毛布を長椅子の端に寄せると、長椅子の背に掛《か》けてあった上衣《うわぎ》に腕《うで》を通し、ブーツを履《は》いて立ちあがる。

シャルは窓辺によってアンの隣《となり》に立つと、明るくなっていく東の空をぼんやりと見つめた。

「必要ない。どうせ坊《ぼう》やが、お節介《せっかい》をやくはずだ」

その時、部屋の扉がノックされた。

「アン？　起きたの？」

品の良い優《やさ》しい声は、キース・パウエルだ。扉ごしにアンは返事をした。

「あ、うん。おはよう！　今、起きた」

「もうすぐ朝食の準備が整うから、一階に下りてきてね。温かいうちに食べよう」

「えっ!?　ごめん！　キースが作ってくれたの!?　そんなに寝坊《ねぼう》しちゃった!?　待ってて、すぐに着替《きが》えるから」

扉の向こうでキースが笑った。

「あわてなくていいよ。僕が早く目を覚ましすぎたんだ。暇《ひま》だったから、食事の準備をしただけだよ。あと、シャルのベッドのことだけど。譲《ゆず》ってもらえるあてがあるのを、昨夜寝る直前に思い出したんだ。今日取りに行こうよ」

「ありがとう」

「じゃあ、後でね」

キースが階下に降りる足音を聞いて、シャルが「ほらな」と言いたげに肩《かた》をすくめた。

「シャル、すごい。キースの考えることまでお見通しなんだ。どうして？」

「昨夜のはしゃぎぶりを見ればな。坊やは嬉《うれ》しくて、なんでもやりそうだったからな」

そう言われると、少し戸惑《とまど》う。シャルはなんでもなさそうに、再び窓の外へ目を向ける。

——キースがわたしを好きだって言ってくれたこと、シャルはどう思ってるのかな？

ちらりと彼の横顔を見るが、特に何も感じていない顔だ。

——まあ、当然か。わたしが告白されたって、シャルには関係ない話だし。

銀砂糖妖精の後継者《こうけいしゃ》として選ばれたアンたちが、王城から帰還《きかん》して二日目だった。王城を去るとき、ダウニング伯爵《はくしゃく》と銀砂糖子爵《ししゃく》のヒュー・マーキュリーは、これから銀砂糖妖精を作ると宣言した。

銀砂糖妖精の後継者となった五人の職人たちも、それに協力する義務があるらしい。追って、銀砂糖子爵から詳《くわ》しい指示があるということで、五人はそれぞれの場所に帰り待機することになった。

ペイジ工房《こうぼう》派長《おさ》代理エリオット・コリンズ。マーキュリー工房派長代理ジョン・キレーン。そしてラドクリフ工房の職人ステラ・ノックス。この三人は彼らの所属する派閥《はばつ》に帰った。キースは自分の工房を立ちあげる準備を進めていたから、そこへ帰る。

問題なのはアンで、無所属で家なしの彼女には落ち着ける場所がない。

するとキースが、自分が立ちあげている工房に一緒《いっしょ》に住めばいいと誘《さそ》ってくれたのだ。

いずれキースとともに工房を切り盛りしていくつもりがあるならば、今から工房に住んでも問題ない。しかもアンが共同経営者になることを考慮《こうりょ》して、工房には、アンのために用意した部屋もあるのだという。

所在がはっきりしていた方が連絡《れんらく》を取りやすいからと、ヒューも、キースの工房に寄宿することをすすめた。

どうしたものかと迷うアンに、さらにキースは、

「一緒に住むからって、それでアンが僕の恋人《こいびと》になってくれるつもりがあるとか、そんなことは思わないから安心して。共同経営者として、一緒に住むだけだってわかってるから」

と無理のない笑顔《えがお》で言ってくれた。

ヒューにもすすめられたし、共同経営者になるつもりなら、今から工房に入り場所に慣れておくのはいいことだ。しかもキースは、仕事と恋愛《れんあい》は別だとはっきり言ってくれている。

そこまで言われて固辞するのは、キースの告白にこだわりすぎているようで失礼な気もした。

そこでアンは、シャルとミスリルとともにキースの工房にやって来たのだ。

シャルが言ったように、この工房にアンを連れて来たキースは嬉しそうだった。彼には珍《めずら》しく、はしゃいだように作業場や住居スペース、裏庭を案内してまわった。

「嬉しい……かなぁ」

壁《かべ》に掛けてあったドレスを手に取りながら、首をひねる。

自分が、誰《だれ》かの恋《こい》の対象になることがぴんとこなかった。どこか人ごとのように感じてしまう。自分なんかをほんとうに好きなんだろうかと、心底不思議なのだ。

ふためと見られないほどひどいとは思わないが、アンの容姿は平凡《へいぼん》だ。体もひょろひょろしていて、お世辞にも、女性的な魅力《みりょく》にあふれた体型とは言えない。

――わたしがシャルとかルルみたいに綺麗《きれい》で素敵《すてき》なら、わかるけど。

シャルとだったら、一緒にいられるだけで嬉しい。そこにいてくれるだけでも嬉しいし、彼が楽しそうだとなお嬉しい。そこまで考えて、自分の進歩のなさにげんなりする。

――駄目《だめ》だな。こんなに恋しがってるんじゃ、ぜんぜんシャルのためになることができない。アンを守ってくれるというシャルの誓《ちか》いは、彼を縛《しば》る重荷だ。その重荷をなくすために、アンは誰かと恋をして、幸福になる必要がある。

なのにいつまでたっても、シャルを恋しがる気持ちを消せずにいる。

「起きろ。ミスリル・リッド・ポッド」

シャルはベッドに向かい、毛布の中で丸まっているミスリルに声をかけている。ミスリルは毛布の中でもぞもぞ動くと、呻《うめ》いた。

「シャル・フェン・シャル。……。俺様は昨夜おまえのために、ほとんど寝られなかったんだぞ。俺の心遣《こころづか》いに感謝して、もうちょっと寝かせろ……」

「俺のため？　なぜだ？」

「おまえが変な気を起こしてアンのベッドに来たら、全力で応援《おうえん》してやろうと思って……」

聞いた途端《とたん》に、シャルは無表情で毛布をはぎ取り、ミスリルの襟首《えりくび》を摑《つか》んでつまみ上げた。

「ぐ……ぐぇっ！　く、首っ！　しまるっ！　死ぬ！」

「眠り足りないなら、永久に寝《ね》かせてやってもいいぞ」

「シャル――!!　手加減忘れてる――っ!!」

物思いにふけっている場合ではなくなり、アンは飛びあがって二人に駆《か》け寄った。


その後着替えを済ませ、シャルとミスリルとともに一階の食堂に下りた。

キースの準備している工房は、ルイストンの西の市場近くの大通りに面している。通りに面した店舗《てんぽ》の奥が、砂糖菓子《がし》の作業場になっていた。竈《かまど》があり石臼《いしうす》があり、作業台がある。作業場には聖エリスの実の、爽《さわ》やかな香《かお》りがしていた。

作業場と廊下《ろうか》を挟《はさ》んで、台所と一体になった食堂だ。

台所の竈のそばからは、塀《へい》で囲まれた小さな裏庭に出ることができる。そこにある井戸《いど》には、砂糖菓子作りに必要な冷たく澄《す》んだ水が湧《わ》き出していた。

裏庭には外階段があり、それを上れば寝室《しんしつ》に使っている建物二階へ行ける。

二階は全部で四部屋。どの部屋も床板《ゆかいた》や壁の腰板《こしいた》が張り替《か》えられており、清潔で明るかった。

この建物は昔パン屋だったが、数年前から空き家になっていたらしい。

それをキースが買い取ったのだ。朽《く》ちていた場所を修理し、砂糖菓子の作業場として使えるように竈を作り替えたりして、工房の体裁《ていさい》を整えたのだという。

特に表通りに面した店舗は、改装され、掃除《そうじ》も行き届いている。床板は、全部漆《うるし》を塗《ぬ》り直して磨《みが》かれていた。扉《とびら》の取っ手やカウンターは新しく入れ替えられたらしく、つやつやと輝《かがや》き木の香りがした。古いものと新しいものが、しっくりと馴染《なじ》んでいる。だから落ち着いているし、清潔感もある。華美《かび》ではないが、必要な箇所《かしょ》にはさりげなく手間と暇をかけた仕上げをしてある。さすがはもと貴族の感性だ。

「キースは、趣味《しゅみ》がいいよね。お店とか、ほんとうに素敵」

アンが褒《ほ》めると、キースは照れたように笑いながら、炒《いた》めたベーコンと卵の皿を食卓《しょくたく》に運んできた。香《こう》ばしい油の香りが、食堂のなかに広がる。

「そうでもないと思うけど。まあ、普通《ふつう》だよ」

アンはフォークを並べ、お茶をいれる。テーブルには黒麦のパンと、香草《こうそう》のサラダ。野いちごのジャムも並んでいた。

ミスリルとシャルは当然のように食卓に座って、食事の準備が整うのを待っている。妖精《ようせい》たちと食事をすることをキースが嫌《いや》がらないのが、アンは嬉しかった。

「キースはなんで、こんなに料理がうまいんだ？　国教会独立学校ってのは料理も習うのか？」

ミスリルは、目の前に並べられた卵とベーコンの皿に視線が釘《くぎ》づけだ。シャルも頷《うなず》く。

「誰かさんが焼いた真っ黒なベーコンよりは、食欲《しょくよく》をそそる」

「こ、焦《こ》がしたのは一度だけだもん。しかも焚《た》き火で焼いたから、火加減が難しかっただけで」

黒焦《くろこ》げベーコンの話を披露《ひろう》されて、アンは赤くなりながら食卓に着く。キースも座った。

「学校では習わないけれど、寄宿舎生活で覚えたよ。普段《ふだん》は料理人が寄宿生の食事を準備してくれるんだけど、学校が長期の休みに入ると料理人も休むんだ。自宅に戻《もど》らない寄宿生たちは、当番で料理をする必要があって。僕も料理当番はしてた。でもあまり凝《こ》ったものは作れないよ」

「これで充分《じゅうぶん》じゃないか！　おまえはいいお嫁《よめ》さんになるぞ、キース！」

ミスリルはわくわくした顔で皿の上に手をかざして、精一杯《せいいっぱい》の賞賛を送る。

「ありがとう。でも僕は、あまりお嫁さんにはなりたくないな」

そうやって、屈託《くったく》なく答えるキースの態度はありがたい。

キースはアンを好きだと言ってくれたが、極力その話題は避《さ》けてくれるし、態度も変わらずにいてくれる。あまりに自然に振《ふ》るまっているので、うっかりすると告白されたことすら忘れてしまいそうになる。

それはシャルとミスリルにしても同じで、キースの告白については一言も触《ふ》れないし、またそれを気にかけるそぶりもしない。

そのことにはまだ触れるべき時期ではないと、暗黙《あんもく》の了解《りょうかい》ができているようだった。

食事に手をつけようとしたその時、突然《とつぜん》、店の扉が乱暴に打ち鳴らされた。

「誰だろう？」

アンとミスリルはきょとんとしたが、キースとシャルは不審《ふしん》げな表情になる。

「砂糖菓子を買いたい客ではないだろう」

シャルの言葉に、キースも頷いて立ちあがった。

「そうだね。店はまだ準備段階だから。近所へのお知らせすらしてないし看板も出してない」

扉は、何度も強く叩《たた》かれる。苛立《いらだ》たしさが伝わってくるようだ。四人は朝食を中断し、店に向かった。その間も扉はずっと叩かれている。

店に踏《ふ》みこむと、乱暴に叩かれる扉の向こうで聞き覚えのある声が怒鳴《どな》っていた。

「おい、開けろ！　開けろ！」

アンとキースは顔を見合わせ、二人して急いで扉を開いた。すると扉を叩いていた人物が、勢い余って店内に転げ込んできた。

「キャット！」

「ヒングリーさん!?」

つんのめってたたらを踏みながらもなんとか体勢を立て直した青年は、ほっそりした体でしゃんと立ち、傲然《ごうぜん》と胸を反らした。灰色がかった髪《かみ》と青い瞳《ひとみ》のつり気味の目。毛並みの良い猫《ねこ》を連想させる貴族的な品のある顔立ち。銀砂糖師のキャットこと、アルフ・ヒングリーだ。

「てめぇら！　いきなり開けるか!?　普通!?」

品の良い顔で、キャットは二人の鼻先に指を突《つ》きつけて下品に喚《わめ》いた。態度の乱暴さと反比例して、相変わらず服装は上等だった。全体にすらりとしており、襟《えり》や袖《そで》のレースや刺繍《ししゅう》が目をひく質のよさだ。

「その前に、早朝から他人の家の扉を壊《こわ》す勢いで叩き続ける人間は普通か？」

シャルは呆《あき》れたように言った後、ふとなにか思いついたらしく意地悪く笑った。

「ああ、悪いな。人間ではなく、猫だったか」

「誰《だれ》が猫だ！」

喚く主人の声をものともせず、彼の肩《かた》の上では、緑の髪の小さな妖精が船をこいでいた。キャットが使役《しえき》している妖精ベンジャミンだ。周囲が騒《さわ》がしくなったためかようやく目を開け、あくびをした。ふわふわした緑の巻き毛頭をゆっくりと廻《めぐ》らせる。

「あれ〜、キャット。ここ、どこ？　どうしてこんなとこにいるんだっけ〜」

「こっちが聞きたいけどな」

ミスリルが呆れたように呟《つぶや》くと、ベンジャミンがとろりと微笑《ほほえ》んだ。

「わぁ、スルスルもいるんだね。久しぶりぃ」

「ベンジャミン……。もう直るとは思えないけど、とりあえず言っとく。俺様はミスリルだ！ミスリル・リッド・ポッド！」

「うん。わかってるもん。スルスル・ヒャット・ブ…………なんだっけ？」

「どこもかしこも間違《まちが》ってる……」

ミスリルは打ちのめされたらしく、がっくりと床《ゆか》に両手をついた。

「どうしたんですかキャット。こんなに朝早く。しかもここに来るなんて」

キャットはサウスセントに店を構えているし、派閥《はばつ》にも所属していない。そんな彼が自分の経営する店以外に仕事があるはずはない。まして、まだ開店すらしていないキースとアンの工《こう》房《ぼう》を、これほど勢いよく訪ねてくる用事など思いつかない。

キャットは懐《ふところ》から封筒《ふうとう》を取り出し、アンに突きつけた。

「読んでみな。昨日、こいつが届いたんだ」

封筒を受け取り、差出人を確認《かくにん》した。そこにはヒュー・マーキュリーの名前と、銀砂糖子爵《ししゃく》の封蠟《ふうろう》があった。ヒューからキャット宛《あ》てに送られた手紙らしい。

中身を取り出して広げると、キースも一緒《いっしょ》に覗《のぞ》きこんできた。

『拝啓《はいけい》。キャット。相変わらず閑古鳥《かんこどり》が鳴いているどうでもいい店を守っているに違《ちが》いないが、元気か？　先日、五百年間王家が秘匿《ひとく》していた、砂糖菓子作りの技術が解禁となった。その技術の継承者《けいしょう》として、五人の職人が選ばれていたのだが、彼らは技術の習得を終わらせた。おまえも実は、技術習得者の候補には入っていたが、可愛《かわい》くないので除外した。おまえのかわりに、キース・パウエルとアン・ハルフォードが立派に技術を習得した。敬具』

手紙に書かれているのは、これだけだ。

「要するにこの手紙は。『やーい。ざまあみろ。あっかんべ』的な？」

引きつりながら、アンは手紙の趣旨《しゅし》を要約する。キースは呆れた顔になる。

「……子爵……大人げない……」

「そのとおりだ！　むかっ腹が立つ！　だから俺はサウスセントから飛んできたんだ！」

キャットはアンの手から手紙をひったくると、乱暴に上衣《うわぎ》の内側に押し戻した。

どうしてヒューはキャットに対してだけ、こんな子供じみた嫌がらせをするのだろうか。キャットをいじめるのが十五年来の趣味と言い切ったことといい、彼らはいったい、どんな修業《しゅぎょう》時代を過ごしていたのか。

「で？　なんでここに来た？　怒鳴り込む先が違うんじゃないのか。キャットさん」

わざとらしく渾名《あだな》に「さん」づけしたシャルに、キャットは摑《つか》みかかる勢いで詰《つ》め寄った。

「てめぇもボケなす野郎《やろう》といい勝負だな！」

「シャル！　駄目《だめ》だってば！　ごめんなさいキャット！　でもほんとうに、なんでここに？」

アンは慌《あわ》てて、シャルとキャットの間に割って入った。

キャットをからかっていては、話が進まない。なにしろキャットはからかわれると、いちいち律儀《りちぎ》に反応する。それが面白《おもしろ》がられる原因であるのは間違いない。

「決まってんだろうが。ちんちくりんとパウエルに、その技術を習うためじゃねぇか」

「………え？　習う？」

「あのボケなす野郎は、王家が五百年秘匿していた技術だと書いてやがる。誰も知らなかった技術なんだろうが。それを習わねぇでどうする」

キャットは経験もある。さらにヒューと並ぶ腕《うで》を持っているのだから、アンやキースよりも格段に優《すぐ》れた職人だ。そんな彼に、アンやキースがなにかを教えるなど分不相応だ。

「でも、僕たちなんかに……」

当然腰《こし》が引けたキースを、キャットはきっと睨《にら》みつけた。

「馬鹿野郎《ばかやろう》！　てめぇが知ってて、俺は知らねぇんだよ！　知ってる奴《やつ》が知らねぇ奴に教えるのは当然だろうが！　それともなにか、俺には教えられねぇってのか」

「いえ、まさか」

「じゃ、問題ねぇ。教えてもらおうじゃねぇか。その技術ってのは二、三日で習得できるようなちんけなものじゃないはずだな。しばらくやっかいになるぞ」

勝手に宣言されたキースは唖然《あぜん》としていた。

キャットは外聞を気にしない。銀砂糖子爵と並ぶ腕がありながらも、駆《か》け出しの職人のように、砂糖菓子《がし》のこととなると目の色を変えて夢中になる。純粋《じゅんすい》に職人なのだ。

「あの……。こちらはパウエル・ハルフォード砂糖菓子工房《こうぼう》ですか？」

開きっぱなしになっていた店の出入り口から、見慣れない男が顔を出した。身なりはきっちりとしており、貴族の屋敷《やしき》か城に勤める使用人といった風情《ふぜい》だ。

「そうですが、どちら様ですか？」

キースが出入り口に近づくと、男は胸のポケットから、三通の封筒を取り出す。

「シルバーウェストル城から、銀砂糖子爵の遣《つか》いで参りました。こちらにお住まいのキース・パウエルさんとアン・ハルフォードさんに、子爵からの手紙です。それと銀砂糖師のアルフ・ヒングリーさんがこちらに来られるはずだと子爵はおっしゃるので、ヒングリーさんにも手紙を預かって参りました。ヒングリーさんがいらっしゃれば、渡《わた》して頂きたいのですが」

「パウエルは僕です。ハルフォードは彼女で、ヒングリーさんはあちらの方ですが。子爵はどうして、ヒングリーさんがここに来ると？」

「さあ。確信があるご様子でしたが。まあ、とりあえず皆《みな》さんがいらっしゃるなら良かった。こちらの手紙は、確かにお渡ししました」

男はキースに三通の封筒を渡すと、丁寧《ていねい》にお辞儀《じぎ》をして扉《とびら》を閉めた。

キースはアンとキャットに、それぞれの宛名《あてな》が書かれた封筒を渡した。

「なんで俺宛《あ》ての手紙が、ここに来るんだ？」

キャットは封筒を手にして、眉《まゆ》をひそめる。

――なんだそっか。ヒューって回りくどい。

ヒューがキャットに宛てた嫌《いや》がらせのような手紙の真意が、なんとなくわかった。

結局ヒューは、キャットにいち早く妖精《ようせい》の技術を教えてやりたかったのだ。しかし単純に「技術を習得しに来い」と誘《さそ》うのではなく、あんな手紙を書いたのが意地悪だ。

あの手紙を読んだキャットが、いても立ってもいられなくなって、アンたちのところにやってくるのを見越《みこ》していたのだろう。ヒューはキャットの扱《あつか》いを心得ている。そしてキャットは、わりと簡単にヒューに操縦されてしまったようだった。

封筒を開けたキースは、手紙に目を落とす。

「これは……招集状だね」

いずれヒューからの招集が来るとは言われていたが、予想以上に早い。

アンも封を開けて中を確認した。そこには三日後、シルバーウェストル城に来るようにとしたためてあった。

「わたしも来いって。あと……」

アン宛ての招集状の最後には、「シャルも同行されたし」と一行添《そ》えられていた。その一行を読んで、アンはシャルの顔を見た。その視線の意味に気がついたらしく、彼は小さく頷《うなず》く。

ヒューの招集は、銀砂糖妖精の技術の解禁と、銀砂糖妖精を育てるための計画に関係している。それは国王エドモンド二世とシャルの誓約《せいやく》によってはじめられようとしているのだから、シャルも招かれるのは当然だ。

同じように封筒を開いたキャットが、眉根《まゆね》を寄せる。

「俺にも来いと言ってやがる。なんのつもりだ?」

アンはキースと顔を見合わせた。

「キャットも？　それって、どうして？」

王都ルイストンを州都とするハリントン州。その隣接《りんせつ》州であるシャーメイ州の州都はウェストル。銀砂糖子爵の居城であるシルバーウェストル城は、そのウェストルにある。

シルバーウェストル城の天守は、磨《みが》かれた白い石で外壁《がいへき》を覆《おお》われた優美な姿をしている。さらに城の周囲を囲む森と城の影《かげ》を映す湖が、城に神聖な雰囲気《ふんいき》を与《あた》えていた。優美さと神聖さは、砂糖菓子と共通する。銀砂糖子爵の住まいとしてはふさわしい。

砂糖菓子職人たちの聖地とも呼ばれるその城に、銀砂糖子爵から招集状を受け取った職人たちが集まりつつあった。

アンとキースは招集状を受け取った直後、王家が秘匿していた技術と、その技術を持っていた銀砂糖妖精ルルについてキャットに話した。さらに銀砂糖子爵がアンたちを招集する目的についても、説明した。

それらの話を聞いてキャットは、「その話を聞く限り、俺は呼ばれる対象じゃねぇはずだ」と言い切った。彼の言うとおりだった。

この一件に関係するのは、銀砂糖妖精の技術継承者の五人。さらに各派閥《はばつ》も巻きこまれるのだから、各派閥の長《おさ》や長代理、それに次ぐ地位にある派閥の職人頭《がしら》などだろう。

キャットは技術の継承者《けいしょう》でもなく、派閥に所属もしていない。その彼が招集されることが解《げ》せない。しかし彼も、ヒューの真意や新技術に関する動きは職人として気になるらしい。アンたちと一緒《いっしょ》にシルバーウェストル城にやって来た。

シャルとミスリルも、もちろん一緒に来た。シャルはヒューからの招待を受けたが、ミスリルにはない。しかしミスリルは、ヒューの城ならかまわないだろうと勝手に決めているようだった。二人の妖精は、別室で待たせてもらえることになった。

アンとキースとキャットは、大広間に入った。

大広間は奥に長い。出入り口から見た壁《かべ》の左右には、天井《てんじょう》まで届く、縦長のはめごろし窓が並んでいた。窓から入る春の日射《ひざ》しが、室内を明るく暖かくしていた。

ロの字型に配置された長机には、各派閥の長もしくは長代理と、職人頭が座っている。

マーキュリー工房派《こうぼう》からは、長代理のジョン・キレーンと職人頭のグラント。キレーンとグラントは、アンたちが大広間に入ると微笑《ほほえ》んで迎《むか》えてくれた。

ラドクリフ工房派からは、長のマーカス・ラドクリフ。そして職人頭の銀砂糖師。彼らはアンたちに一瞬《いっしゅん》だけ視線を向けたが、挨拶《あいさつ》らしい挨拶はない。キースはマーカスに向かって頭をさげたが、マーカスは不機嫌《ふきげん》そうに軽く頷き返しただけだ。

ペイジ工房派からは、長代理のエリオット・コリンズと職人頭のオーランドだ。

オーランドに会うのは、数ヶ月ぶりだった。左目を覆う革《かわ》の眼帯は痛々しいが、落ち着きと自信のある態度は変わらずだった。アンの顔を見ると、彼はちょっと手をあげて挨拶してくれた。数ヶ月ぶりの再会にしては素っ気ない挨拶だったが、彼の精一杯《せいいっぱい》の親愛の情の表現だとアンはわかっている。微笑んで手をふりかえした。

さらに派閥の幹部とは別に、銀砂糖妖精の最後の弟子《でし》の一人、ラドクリフ工房派のステラ・ノックスも臨席していた。ステラは相変わらず、天敵のようにエリオットを睨んでいる。アンとキースにはちらっと視線を向けて、軽く目で挨拶だけよこした。季節の変わり目で体調が良くないのか、どことなく怠《だる》そうだ。

臨席する彼らが一様に意外な顔をしたのは、キャットの存在だった。派閥を嫌《きら》い、好き勝手に仕事をしている印象が強い彼がこんな場所にくることじたい珍《めずら》しい。

アンとキースと一緒にキャットが席に着くなり、エリオットが飛んできた。

「アン、キース。どうしたのキャットなんか連れてきて。キャット、おまえ悪いものでも食って弱ってんの？」

「うるせぇ。そのにやけた顔を引っ込めろ」

キャットは椅子《いす》に沈《しず》み込むようにして、吐《は》き捨てた。キャットのかわりにキースが返事した。

「子爵《ししゃく》から、ヒングリーさんにも招集があったんです」

エリオットはわずかに眉根を寄せた。

「これは砂糖菓子《がし》職人組織の、幹部会議みたいなもんだよ。各派閥の長が一堂に呼ばれるのなんて、先年の砂糖林檎《りんご》不作の対応協議の時以来だし。今回は職人頭まで招集されてんだ。子爵が組織的な動きをしようとしているのは明白だ。そんなときに、組織なんか知ったことかって態度のキャットを呼ぶなんて。なんのつもり？」

「わたしたちも、キャットもわからないんです。招集状に、理由は書いてなくて」

アンが答えると、エリオットは考え深げに、赤毛の前髪《まえがみ》をちょっとかきあげる。

「ふぅん。子爵は何を考えてんのかねぇ」

銀砂糖子爵の側近風の男たちが四人、広間に入ってきた。彼らはエリオットに着席するように促《うなが》し、席に座る全員に「お静かに」と、私語をやめるように告げてまわった。

その場が静まると、側近たちは扉脇《とびらわき》の壁際《かべぎわ》に並び、直立した。

それを見計らったように大広間の扉が開く。

「ダウニング伯爵《はくしゃく》、入室である！」

扉の外から告げる声がした。その声に、職人たちは顔を見合わせた。

颯爽《さっそう》と室内に踏《ふ》みこんできたのは、ダウニング伯爵だった。光を切り取るように黒いマントが翻《ひるがえ》る様は、老いてなお力強い戦士の凜々《りり》しさがあった。

一同が瞠目《どうもく》するなか、続いて銀砂糖子爵の略式正装を身につけたヒューが姿を現す。引き締《し》まった表情が、彼の野性的な容姿にさらなる精悍《せいかん》さを加えている。

ダウニング伯爵とヒューは大広間の最奥の机を前にすると、臨席する人々を見回した。

「派閥の代表者たち。よく来てくれた。わたしはダウニングだ。今日ここには、銀砂糖子爵の後見人として来た。わたしから皆《みな》に知らせるべき事が一つと、命令が一つあるのだ」

ダウニング伯爵が口を開いた。

「既《すで》に知っている者もいるだろうが、先日、王家が五百年秘密としてきた砂糖菓子作りの技術が、国王陛下のご決断により解禁と決まった。これを正式に、各派閥を通じて砂糖菓子職人全体に周知してもらいたい。その技術は銀砂糖妖精《ようせい》と呼ばれる妖精が持っていた技術で、銀砂糖子爵と、その継承者と決まった五人の職人に伝授された。各派閥、および所属のない職人でも、希望する者には、この技術を教える義務が五人にはある。技術の解禁については以上だ」

ダウニング伯爵が職人たちに視線を向ける。

銀砂糖妖精の技術に関しては、各工房に帰った継承者たちから既に知らされているはずだった。その場にいる誰《だれ》もが、心得ているという返事の代わりに軽く頷く。

それを確認《かくにん》して、ダウニング伯爵は続けた。

「さて。ここからが本題だ。先に言ったとおり、皆に命令がある。王命だ」

王命の言葉に、臨席する者たちの表情が引き締まる。

「王家は、砂糖菓子作りの技術に優《すぐ》れた、銀砂糖妖精と呼ばれる妖精を欲《ほっ》しているのだ。そして銀砂糖妖精を作るために、砂糖菓子職人の各派閥に命ずる」

そこで言葉を切り、ダウニング伯爵はゆっくりと告げた。

「妖精を見習いとして工房に入れ、職人として仕込み育てよ。これは、王命である」

重々しく告げられた言葉に、五人の継承者以外の全員が愕然《がくぜん》としている。

砂糖菓子は神聖な食べ物で、それを作る場所も人も汚《けが》れてはならない。百年前なら女性も銀砂糖に触《ふ》れることすらできなかったのだ。奴隷《どれい》と同様に使役《しえき》している妖精を、神聖な砂糖菓子を作る職人として育てろというのは、古い習慣を重んじる職人たちにとっては耳を疑うような命令のはずだ。

しかしこれは王命である。

驚《おどろ》いた顔をしている職人たちも、否《いな》やは言えず、ただ目を見開いているばかりだ。

「銀砂糖妖精を作る方策については、銀砂糖子爵に一任してある。子爵の命に従え」

ダウニング伯爵は、今一度厳しい目を臨席する者たちに向ける。

「よいな。王命だ」

それからさっと身を翻すと、退出した。

ダウニング伯爵が去ると同時に、ラドクリフ工房派長のマーカス・ラドクリフが、我慢《がまん》ならないと言いたげに眉《まゆ》をつり上げ、ヒューに向かって声をあげた。

「子爵！　こんなことが王命とは、許されるのか!?」

ヒューはその声を手で制しながら、椅子に座った。そして机の上に肘《ひじ》をついて両手を組むと、手の甲に顎《あご》を載《の》せる。ゆったりと微笑する。

「それでは国王陛下に異議を申し立ててみるか？　ラドクリフ殿《どの》。王命に文句をつけるか？」

言われて、マーカスは言葉に詰《つ》まったらしく口をつぐんだ。

「砂糖菓子はもともと妖精が作っていたものだ。俺は妖精が砂糖菓子作りに関《かか》わることは、問題ないと考えている。国教会の意見も確認した。妖精が砂糖菓子を汚す存在だとは、聖本のどこにも書かれていない。神聖さという側面から見ても、問題はないとのことだ」

キレーンの隣《となり》に座るマーキュリー工房派の職人頭《がしら》グラントが、苦い顔をする。

「しかし。職人たちの認識は違《ちが》いますよ。おそらく」

「当然だろう。それ故《ゆえ》の王命だ。国王陛下も、職人たちの認識からすれば、妖精を職人として育てることに困難が伴《ともな》うと理解しておいでだ。だから王命を発した。王命であれば逆らえない。これから各派閥《はばつ》に、見習いとして妖精を入れてもらう」

「その妖精はどこから選んで連れてくるのですかね？」

エリオットが困ったように、垂れ目の目尻《めじり》をさらにさげて訊《き》いた。

「独自に選び、確保しろ」

するとマーカスが腕組《うでぐ》みして、投げやりな感じで椅子の背にもたれる。

「ならば家事を手伝わせている妖精を一人、見習いに回せばいい。それでよかろう」

「王命を形骸《けいがい》化させる気はない。毎年工房に入る見習いの半数は、妖精を入れるべきだ」

ヒューの言葉に、マーカスをはじめ、エリオットもキレーンもぎょっとした顔になる。

エリオットはすぐに、職人頭のオーランドに意見を訊くように視線を向けた。オーランドは黒い革《かわ》の眼帯の位置をなおしながら、首を振《ふ》る。

「問題ないとは言えない。一般《いっぱん》に気質《きしつ》のいい労働妖精を確保するのにも苦労するのに、砂糖菓子作りをしたいと思う妖精を探すのが難しい。意欲《いよく》のある妖精をどうやって見つけるか。見つけたとしても、その妖精を買い取る金も必要だ」

「見習いの半分を妖精にするという条件は、守ってもらう」

決然とヒューは言った。

「妖精は基本的に各派閥で独自に選び、確保しろ。しかしペイジ工房《こうぼう》の職人頭の意見は、当然だ。妖精の準備は、俺の方でもおこなう。各派閥で妖精の数が足りない時は、俺が準備した妖精を派遣《はけん》する。その場合は、その妖精が腕《うで》のいい職人に成長しても、ずっとその工房で働かせる保証はない。必要となれば銀砂糖子爵の権限で、引きあげさせることは覚悟《かくご》してもらう」

「それはありがたいですが。しかし子爵。子爵には妖精の準備がおありなんですか？」

キレーンが心配そうに問うと、ヒューは肩《かた》をすくめた。

「これから集める。そのために、パウエルとハルフォードを呼んだ。二人に、妖精を集めてもらう。工房に派遣することを考慮《こうりょ》に入れて、集めた妖精たちにはある程度の教育も施《ほどこ》す」

ヒューの言葉に、アンは唖然《あぜん》とした。

——妖精たちを集める？　どこから!?　それで、教育!?　どうやって!?

ヒューが二人にやれといっている仕事は、とんでもない内容だった。

まず、どこからどうやって妖精たちを集めるのかすら、見当がつかない。キースと二人とはいえ、彼もまだ十九歳の若者なのだ。ここに居並ぶ派閥《はばつ》の長《おさ》やその代理たちに比べれば経験もないし、力もない。そんな二人に任せられるような簡単な仕事に思えない。

「子爵《ししゃく》。僕たちが果たして適任でしょうか？」

眉をひそめながら、キースが訊いた。ヒューはちょっと苦笑《くしょう》した。

「本来なら俺も、キレーンかコリンズにやらせたいところだが、二人は派閥の長代理だ。派閥に新技術を伝える仕事と、工房に妖精を入れる準備に注力する必要がある。ノックスも、派閥の中で唯一《ゆいいつ》の技術継承《けいしょう》者として担《にな》う役割は大きい。実際問題として、銀砂糖妖精の技術を受け継《つ》いだ者で派閥に関する仕事がないのは、おまえさんたち二人しかいないんだ。最もふさわしいかと言えばそうでもないが、俺は二人に期待をしている」

言われてみれば確かにそうだが、アンは焦《あせ》った。期待すると言ってくれるのは嬉《うれ》しいが、まったく自信がない。

「で、でも。それ、わたしたち二人だけって」

「二人だけでは荷が重いのは当然だ。だからもう一人、主軸《しゅじく》となって動く奴《やつ》を準備した。おまえさんたちにない、職人としての経験があるから役に立ってくれる」

「誰ですか？」

「おまえさんの隣に、仏頂面《ぶっちょうづら》で座ってる奴だ」

右隣《みぎどなり》にはキースがいる。ということは、左隣《ひだりどなり》。座っているのはキャットだ。

――そんな無茶《むちゃ》な！

徹底的《てってい》に我が道を行くキャットが、砂糖菓子《がし》を作ること以外するはずはない。そもそもヒューの命令など絶対にきかないはずだ。

案の定、キャットの細い眉が吊《つ》り上がっていく。

「なんだと？」

「キャット。俺の名前で、できる限りの権限をつけてやる。実質的な俺の補佐《ほさ》役になれ。おまえが妖精を確保し教育する仕事を進めろ」

「なに言ってやがる！　てめぇ、勝手なこと決めるんじゃねぇ！」

両手で机を叩《たた》いて立ちあがったキャットに、ヒューは鋭《するど》い視線を向けた。

「これは砂糖菓子職人すべてに向けて出された王命を、実行するための仕事だ。拒否《きょひ》するなら、砂糖菓子職人として認めるわけにはいかない。砂糖菓子職人の世界からの放逐《ほうちく》証明を出す。砂糖菓子職人と名乗ることを禁じる」

「汚《きた》ねぇぞ！　ヒュー!!」

真っ赤になって怒《いか》りを爆発《ばくはつ》させたキャットに、ヒューは淡々《たんたん》と告げた。

「汚ないのは認める。だが、おまえの力が必要だ。だからやってもらう。どうするキャット。

俺の仕事を手伝うか。それとも、砂糖菓子職人をやめるか？」

「ヒュ……銀砂糖子爵！　どうしてそこまで！」

横暴なやり方に、思わずアンが声を出す。ヒューはアンを睨《にら》みつけた。

「控《ひか》えろ。ハルフォード」

低く脅《おど》しつけるその声にびくっとする。彼は遊び半分で、キャットを追い詰めているわけではない。それがわかった。

キャットが呻《うめ》いた。

「そこまでして、貴族どものご機嫌《きげん》とりをしてぇかよ」

「ご機嫌とりだと思うなら、それでいい。これが俺の仕事だ。さぁ、キャット。答えろ。やるのか？　やらないのか？」

机の表面をキャットの爪《つめ》がぎりっと引っ掻《か》いた。両方の拳《こぶし》を握《にぎ》り、キャットはぎらぎらした目でヒューを睨みつける。絞《しぼ》り出すように答えた。

「……やる」

「いいだろう」

無表情で応じたヒューの言葉を聞くと、キャットはどかっと再び椅子《いす》に座った。

ヒューはそれでキャットの件は終了《しゅうりょう》とばかりに、各派閥の長と長代理の顔を順繰《じゅんぐ》りに見る。

「妖精を工房に入れる準備については、各工房で協議しろ。以上だ。仕事を進めてもらうぞ」

促《うなが》された派閥の長と代理たちは苦い顔で立ちあがると、シルバーウェストル城を後にした。

突然《とつぜん》の命令に戸惑《とまど》いながらも、彼らは妖精《ようせい》を受け入れる方法を考えて準備をしなくてはならない。派閥の長やその代理たちがまず直面するのは、職人たちの反発だろう。それを「王命」の一言でねじ伏《ふ》せても、工房の中がごたつくのは目に見えている。

「キースにアン、キャットは執務室《しつむ》に来い。詳細《しょうさい》な話をする」

ヒューにそう命じられ、アンたちは連れだって、ヒューの私室に向かった。側近の一人が案内してくれたが、キャットはむすっとしたまま口を開かなかった。

◇

シャルがミスリルとともに案内されたのは、ヒューの執務室だった。

バルコニーがついた広々した部屋だ。大きな机と本棚《ほんだな》があり、部屋の中央にはローテーブルと長椅子《ながいす》、肘掛《ひじか》け椅子が置かれている。壁《かべ》を飾《かざ》る絵画も彫刻《ちょうこく》もなく、あっさりしたものだ。机周りは書類や本で多少ごちゃついていたが、わりに整頓《せいとん》されている。

砂糖菓子職人たちが会議をはじめる前に、ヒューの案内でこの部屋に通された。

新鮮《しんせん》なハーブのお茶が出されていた。ミスリルはテーブルの上に陣取《じんど》り、お茶を楽しんでいる。妖精が好む新鮮な香《かお》りのお茶を出すところなど、城の使用人たちは気《き》が利いている。

シャルは窓辺に立ち、シルバーウェストル城の姿を映す湖面を眺《なが》めていた。

ヒューは部屋を去り際《ぎわ》に、「会議の後、アンたちをここへ連れてくる。おまえも話を聞く権利がある。おまえが望んだことだ」と言った。

妖精の技術を妖精が受け継げるようにすると、人間王エドモンド二世は誓約《せいやく》した。そしてその誓約を守るために、これから銀砂糖妖精を育てる準備が始まるという。

砂糖菓子職人の派閥の幹部たちが招集され、王命が下る。人間王はシャルとの誓約を守ろうとしている。

しかしこれは、人間王が誓約を守るために動いていると考えていいものだろうか。

──ダウニングは、作ると言った。

銀砂糖妖精を作る、と。作るという言葉遣《ことばづか》いに、彼らの思惑《おもわく》が透《す》かし見えている気がしてならない。彼らは専門的な職に就《つ》かせる奴隷《どれい》を新たに作りだし、王家に役立てることだけを目的に動いているのではないだろうか。シャルの思いは、人間の思惑でねじ曲がるかもしれない。

それは腹が立つよりも、空《むな》しくて哀《かな》しかった。

「あれ!? シャル? ミスリル・リッド・ポッド?」

アンの声がした。ふり返ると、アンとキース、キャットが、側近の男に案内されて、部屋に入ってきたところだった。

憂鬱《ゆううつ》な思考に沈《しず》んでいたのに、彼女の笑顔《えがお》を見ると明るいものが胸に兆《きざ》す。いつも不思議に思うが、シャルはアンの姿になにかしら明るい未来を感じる。彼女にならば、未来を変える力があるような気さえしてしまう。そう感じる自分に苦笑する。

——馬鹿《ばか》な。このかかし頭に、なにができるというんだ？

二章　棺《ひつぎ》を運ぶ狼

「二人とも、どうしてここに？」

　ヒューの部屋に案内されると、そこには既《すで》にシャルとミスリルがいた。

　シャルはめんどくさそうに答えた。

「話を聞く権利があると言われた」

「なんでかな？　ヒューの奴《やつ》、俺様たちの素晴《すば》らしい活動力に期待してるのか？」

　シャルが妖精王だと知らないミスリルは、無邪気《むじゃき》だった。胸を反らして、小鼻を膨《ふく》らませた。

　ミスリルとは違《ちが》って、ヒューはシャルの素性《すじょう》を知っている。その彼がシャルをこの場に案内したことで、アンは自分が仕事を任された理由もなんとなく理解できた。

「そっか。シャルが必要だからだ……」

　ヒューは、妖精を職人として育てる仕事を進める上で、シャルの力にも期待しているのだ。妖精王である彼の力や立場は、いずれ妖精たちと深く関《かか》わりあうなかで必要になってくるはずだ。アンがキースとともに妖精たちの仕事を任されたのは、単純に、二人だけが派閥《はばつ》に関わる仕事がないというだけではない。アンがシャルとともに行動し、彼とそれなりの信頼《しんらい》関係があるからなのだろう。アンはシャルと一対《いっつい》で、ヒューに期待されているらしい。

シャルは再び窓のむこうに視線を向ける。憂鬱そうで、どこか未来を疑うような寂《さび》しい目をした。

「人間王は、誓約を守るつもりがあるらしい。今のところは……」

シャルは危険を冒《おか》して、妖精たちに技術を伝える機会を手に入れた。しかし砂糖菓子《がし》職人たちは、妖精の職人という存在を簡単には受け止めないだろう。王命といえど慣習の中でうやむやになり、成果を結ばない可能性すらある。

エドモンド二世も、慣習とはやっかいなものなのだといっていた。

──そんな顔しないで、シャル。

シャルが未来に感じる疑いを現実にしたくない。そのためにアンは、なにができるだろうか。

「そろったな。キャット、キース、アン」

ヒューが普段《ふだん》着の茶の上衣《うわぎ》に着替《きが》え、部屋に入ってきた。背後に褐色《かっしょく》の肌《はだ》の青年、護衛のサリムを連れている。サリムは音もなく壁際《かべぎわ》に立つ。

肘掛け椅子の一つにヒューが座ると、アンとキース、キャットはそれぞれ手近なところに腰《こし》掛《か》けた。シャルは窓枠《まどわく》に背をもたせかけ、腕組《うでぐ》みして目を閉じている。

ヒューはシャルの様子を目の端《はし》で確認《かくにん》すると、口を開いた。

「会議で話したとおりだが、三人には砂糖菓子職人の資質がある妖精を見つけ出し集める仕事をしてもらう。さらにその妖精たちに、砂糖菓子についてある程度の教育もする。それら一連の制度を作り上げるために、動いてもらうぞ」

「でも、ヒュー。……その資質は、どうやって見分けたら？」

とんでもない激流を渡《わた》れと言われているような気分になって、アンは困り果てて呟《つぶや》いた。

「人間と同じだ。銀砂糖を触《さわ》らせれば、筋がいい奴はすぐにわかる。一ヶ月程度、工房《こうぼう》で見習いの真似事《まねごと》をさせれば判別はつく。既に誰《だれ》かに使役《しえき》されている妖精は対象にできないだろうから、妖精市場で売られている妖精を対象に、資質のある者を探すべきだと考えている」

ヒューの答えを聞くと、すぐにキースが反応した。

「でも、それは難しいですよね。妖精は売り物なのだから、彼らを一ヶ月間見習いとして借り受けるだけでも、妖精商人はお金は要求します。さらにそれを買い取るとなると、かなりの額が必要です。それらすべての費用を、国が出してくださるんですか？」

「国はそこまで、この計画に予算を割《さ》く準備はない」

キースはヒューの提案に対して、即座《そくざ》に現実的な問題点をぶつける。彼は着実に、一歩一歩踏《ふ》み出す力を持っている。

アンはシャルの力と一対で期待されて仕事を任されたのだろうが、キースはおそらく、頭のきれのよさを買われて仕事を任されたのだ。

「では子爵《ししゃく》は、どうするおつもりですか。その費用を」

「費用はかけない。資質のありそうな妖精《ようせい》を、無償《むしょう》で一ヶ月程度借り受けること。さらに資質があると認められた妖精は、相場の十分の一程度で譲《ゆず》り渡してもらいたいこと。その二点を妖精商人に依頼《いらい》する」

その言葉に、今まで沈黙《ちんもく》していたシャルがくすりと笑う。

「妖精商人は、国王よりも金に忠誠を誓《ちか》ってるような連中だ。王命と言ったところで、奴らが素直《すなお》に了承《りょうしょう》するとは思えん。のらりくらりと逃《に》げるぞ。そういうやり方が奴らは得意だ」

「個別の妖精商人に交渉《こうしょう》していたら、話にならないのは確かだ。だから妖精商人ギルドの代表と交渉して、ギルドの方針として妖精商人たちを納得《なっとく》させる。妖精商人は、代表の意見には絶対的に従う」

職人にも商人にも、ギルドが存在する。職人ギルドも商人ギルドも、各地域ごとに組織されており、その地域に住まう職人や商人が加盟している。

妖精商人も商人なのだから、本来ならば商人ギルドに所属していてもおかしくない。だが妖精商人だけは、商人ギルドに加わっていないのだ。

妖精商人は扱《あつか》う商品が妖精だけに、冷酷《れいこく》非情と言われて商人ギルドに嫌《きら》われている。そのために彼らは独自に妖精商人ギルドを組織し、その組織によって統制されていた。

妖精商人ギルドは王国で一つしか存在せず、一つのギルドが王国全土の妖精商人を掌握《しょうあく》しているのだ。それゆえに妖精商人ギルドの結束力は非常に強い。

そこでようやく、そっぽをむいていたキャットがヒューの方に顔を向ける。

「てめぇ、わかって言ってんのか？　妖精商人の親玉っていったら……」

「ああ。わかっている……」

含《ふく》みのある間に、アンは首を傾《かし》げた。

「妖精商人ギルドの代表が、なんなの？」

足を投げ出してテーブルの上に座っていたミスリルが、ものすごく嫌《いや》そうな顔をする。

「あいつか。俺様も話だけは聞いたことあるぞ。狼《おおかみ》だよな」

「狼？」

意味がわからずに目をしばたたくと、シャルが答えてくれた。

「狼は渾名《あだな》だ。本名はレジナルド・ストー。妖精商人でも奴の顔を知ってる者は少ない。俺も見たことはない。定住せずに王国中の妖精市場を巡《めぐ》り歩いているという噂《うわさ》だが、定《さだ》かじゃない」

言葉は落ち着いていたが、シャルの目にはあきらかな嫌悪感《けんおかん》がある。

「そのとおりだ、さすがによく知っているなシャル。まずそのストーを見つけ出して、交渉をする。その交渉だけは、俺が出る必要があるだろう。何しろ相手が相手だ。そこで交渉がうまくいけば、具体的な動きに入る。そこから先、どうするべきか。おまえならどうするキャット」

問いながらヒューは、肘掛《ひじか》けにゆったりと両腕《りょううで》を載《の》せた。キャットはむっとした表情になる。

「なんで俺に訊《き》くんだよ」

「言っただろう？　おまえは俺の補佐《ほさ》役だ。いつもは使ってないその頭を働かせろ。おまえの頭は、おまえにくっついているだけで無駄《むだ》の代名詞になるぞ」

「言ってくれるじゃねぇかよ、あっ!?」

「俺はおまえの頭に期待していると言ったんだ。その頭を使う気がないなら、俺はいつでも放《ほう》逐《ちく》証明を書く」

――頭に期待？

その言葉に、アンとキースは顔を見合わせた。

ヒューは肘掛けに頬杖《ほおづえ》をつき、キャットの反応を待つように沈黙した。

キャットはふんと鼻を鳴らして視線をそらしたが、しばらくして口を開いた。

「妖精たちを集める工房を作る必要がある。寝泊《ねと》まりさせる施設《しせつ》と、併設《へいせつ》でな。そこで妖精の資質を見極《みきわ》める作業をさせる。妖精を市場から集める人員と、市場に返す人員、妖精の資質を見極める人員も必要だ。妖精商人とスムーズにやりとりをするために、事務方の頭《かしら》も必要だ。その事務方の頭が、一連の流れをコントロールすりゃいい」

その答えにアンはびっくりしたし、キースも目を丸くしている。

――キャットって……。

思わず、不機嫌《ふきげん》そうなキャットの横顔をまじまじと見つめてしまう。

いつも砂糖菓子のことばかりに熱中している彼が、こんな現実的な思考ができるとは思ってもみなかった。どちらかといえばキャットはアンと同類で、砂糖菓子作り以外のことにはてんで役に立たないのかと思っていた。

ヒューはかなり強引《ごういん》な手段で、キャットを仕事に引き入れた。それはヒューがそうするべきだと考えるほど、キャットの能力に期待しているからなのだ。腕《うで》のいい職人だからこそ、職人を組織的に育てるのにどうすればいいのかわかるのかもしれない。

ヒューはにやりと笑った。

「いい答えだ。おまえを呼んだ甲斐《かい》がある」

「なんでてめぇは、そんな偉《えら》そうなんだ」

「人の話はよく聞け、キャット。おまえを呼んだ甲斐があると褒《ほ》めたんだぞ。俺はおまえを信《しん》頼《らい》してる。おまえは砂糖菓子だけに忠実だ。そういう人間でなければ、この仕事はできない」

「てめぇに褒められても、嬉《うれ》しくもおかしくもねぇ」

「嬉しがらなくてもいいが、とりあえず必要な人員の能力と数、妖精たちを集める場所としてふさわしい条件を洗い出して報告書にして、俺に提出しろ」

「なんで俺が、そんなしちめんどくせぇことしなきゃならねぇんだっ！」

「放逐証明」

「くそ！　わかったよ！」

キャットは吐《は》き捨てると、苛立《いらだ》たしげに前髪《まえがみ》をかき回した。

「まずは妖精商人ギルドの代表との交渉をはじめないと話にならない。アン、キース、キャット。手駒《てごま》は貸してやる。狼の居所を捜《さが》せ」

ヒューは命じた。

シルバーウェストル城会議から一週間。

ルイストンに帰ったアンとキースは、妖精商人ギルドの代表、レジナルド・ストーの行方《ゆくえ》を捜していた。ヒューは城の兵士三人を、レジナルド捜索《そうさく》のためにさいてくれた。

しかしこの一週間、手がかりらしい手がかりはない。

この日もアンとキースは、ルイストンの西の市場の一角に立つ妖精市場に向かった。

ルイストンの妖精市場を仕切っている男を訪ねたのだ。だが彼は、レジナルド・ストーの顔を見たこともないし、常に移動している彼がどこにいるか、本人以外にはわからないと答えた。

成果もなく日々歩き回るのは、疲労感《ひろうかん》が増す。

夕暮れに工房に帰った頃《ころ》には、アンはぐったりしていた。

ぐったりしているのはキャットもそうだ。彼はレジナルド・ストーの捜索をアンとキースに任せ、ヒューに出すための報告書を作り続けている。

キャットは王国全土の妖精市場の場所と規模を調べ、売られている妖精のおおまかな数を調べていた。現実的な数字で、人員の数や場所の大きさなどを決めようとしているらしい。

結局キャットは、すべてに対していい加減な事ができないのだ。やりたくないことであっても、必要に迫《せま》られれば、執念《しゅうねん》をもってやりこんでしまう。そして砂糖菓子《がし》職人としての経験がその仕事に役立ち、さらに意外なことに、やる気さえあれば頭もそれなりに働くらしい。

「あれじゃ、ヒューに目をつけられても仕方ないかも。ねぇ、ベンジャミン」

アンは二階の部屋で書類を作るキャットに、お茶を持って行った。そして食堂に帰ってくると、お盆《ぼん》を抱《かか》えたまま椅子《いす》に座る。しみじみ呟《つぶや》き、テーブルの天板に頬《ほお》をつけてくたりとした。

ベンジャミンはミスリルに手伝わせて、せっせと夕食の仕込み中だ。

今夜は牛すね肉の煮込《にこ》みスープらしく、濃厚《のうこう》な肉の香《かお》りと香辛料《こうしんりょう》の香りが漂《ただよ》っている。

ミスリルと一緒《いっしょ》に大きな柄杓《ひしゃく》でスープを混ぜながら、ベンジャミンはほわんと答える。

「キャットって一度に一つのことしかできないけど〜、その一つのことを一生懸命《いっしょうけんめい》やるもん」

「単純なんだな、結局」

ミスリルが身も蓋《ふた》もない言い方をする。

キースは苦笑《くしょう》しながら、アンと自分のお茶をいれてテーブルに座った。

「意外だけど。ヒングリーさんはその気さえあれば、銀砂糖子爵《ししゃく》の仕事もこなせるだろうね」

「わたしは駄目《だめ》だな。とてもあんな真似《まね》できない。わたしは砂糖菓子を作る以外できない」

自分が巻きこまれているこの仕事は、妖精《ようせい》たちの未来につながる仕事だ。重い責任を感じる。

だがどうすればシャルや妖精たちの思いを人間が裏切らずにすむのか、未《いま》だにわからない。

こうしてぐったり疲《つか》れて思うことは、砂糖菓子を作りたい、銀砂糖に触《ふ》れたい。それればかりだ。いつも自分の足元しか見えない自分が、情けない。

こんなに疲れている時こそシャルの顔を見たい。彼の顔を見れば、まだがんばらなければいけないと、自分を励《はげ》ますことができる。なのにシャルは散歩に出かけて朝から留守だ。

この一週間、シャルは毎日散歩に行くと言っては早朝に出て行き、夕暮れ時に帰ってくる。何をしているのかわからなかったが、彼ほど強ければ特に心配はない。ルイストンの真ん中で、彼を襲《おそ》うほど乱暴な妖精狩人《かりゅうど》もいないはずだ。

「疲れてる？」

いたわるようにキースが訊いてくれた。テーブルに突《つ》っ伏《ぷ》したまま、彼の淹《い》れてくれたお茶のカップから湯気がゆらゆらと立ちのぼるのをぼんやり見つめる。

「うん。……どうかな？　でも銀砂糖に触《さわ》りたい」

思わず口にすると、キースが吹《ふ》き出す。

「疲れてるんじゃないの？」

からかうように言いながらキースは立ち上がり、アンの両肩《りょうかた》に手を置いた。

「ね、アン。ちょっと実験しない？　気になってたんだ。ペイジ工房《こうぼう》で固まった銀砂糖を碾《ひ》きなおしたら、銀砂糖の質があがっただろう？　それにルルが言ってたじゃないか。十度も銀砂糖を碾くって。わざと固まらせた銀砂糖を碾きなおして、その上で十度、碾いてみたら？　今、手元にある質の悪い銀砂糖がどのくらい質があがるか興味ない？　やってみない？」

ぱっとアンは顔をあげた。

「やってみたい！　キース、いいこと考えるね！」

途端《とたん》に、体の芯《しん》がしゃんとした。アンの極端《きょくたん》な態度に苦笑しながらも、キースは上衣《うわぎ》を脱《ぬ》ぎ椅子の背にかけると、腕まくりをはじめる。

「じゃあ、作業場に行こうよ」

「うん！」

アンも元気よく立ちあがった。

二人で井戸《いど》から冷水をくみあげた。その水を作業場に運び、大きな鍋《なべ》に入れて竈《かまど》で湯を沸《わ》かす。煮《に》え立つ鍋の上にざるを置き、その上に石の器《うつわ》に入れた銀砂糖を置く。蒸気で、銀砂糖に湿気《しっけ》を含《ふく》ませるつもりだった。久しぶりに銀砂糖に触れると、わくわくする。

キースと一緒に鍋の湯気を避《よ》けながら銀砂糖の様子を観察して、顔を見合わせる。

「見て。端《はし》の方から、きらきらしてくる。固まってる」

「どれくらい変わってくれるかな。例年並みの質になれば、理想的だけど」

湯気でぼんやりとかすむ互《たが》いの顔を見て微笑《ほほえ》みあうと、エマと一緒に銀砂糖を精製していたときのことを思い出す。二人して笑ったり怒《おこ》ったりしながら、こうやって作業していた。

誰《だれ》かと一緒に、同じ事を同じようにできることが楽しかった。

──キースとなら、家族になれるのかもしれない。

ふと、そんな思いが頭をよぎる。

ミスリルとシャルと一緒に過ごしていると、エマと過ごしていたときのようにほっとする。アンにとって二人の妖精は、既《すで》に家族のような存在だった。

いつも一緒にいることが普《ふ》通《つう》で、それが自然なことだと思える。今はそれで満ち足りている。

もし一緒にいさえすれば、キースに対しても家族のような気持ちが持てるかもしれない。

そして家族のような気持ちの上にシャルへの恋心《こいごころ》が積み重なったのと同様に、いつかキースに対しても、シャルに感じるのと似た気持ちを感じることができるかもしれない。

──そうすればわたしは、幸福を手に入れられる。シャルを彼の誓《ちか》いから解放してあげられる。

「アン？　どうしたの？」

ぼんやりキースの顔を見て考えていると、彼が優《やさ》しく笑いながら首を傾《かし》げた。

「なんとなく。キースとこうして仕事をしていたら、いつか家族みたいになれるかもって……」

するとキースは驚《おどろ》いたような顔をしたが、すぐに柔《やわ》らかく包み込むような微笑みを見せてくれた。そして竈の縁《ふち》に載《の》せてあるアンの手に、そっと触れる。

「嬉《うれ》しいよ」

「でも、家族って。恋人《こいびと》とは違《ちが》う……」

「今の言葉、僕のことを嫌《きら》いじゃない証拠《しょうこ》じゃないかな？　アンの今の気持ちは恋や愛とは違うかもしれないけれど、好きには変わりない。だから僕は嬉しい。君のその好きが、いつか恋や愛になってくれるかもしれない。焦《あせ》ったり、せかしたりしない。僕は待ってるよ」

そこまで言ってくれるキースの優しさに、胸がじんとする。自分の気持ちさえ変えられれば、シャルは自由になり、こんなに優しいキースの気持ちにも応《こた》えられる。

自分の気持ちを変えていきたい。切実にそう思う。

店の扉《とびら》が開く音がして、誰かがまっすぐ作業場に向かってくる。

店と作業場の境になっている扉を開いたのはシャルだった。散歩から帰ってきたらしい。シャルは驚いたように立ち止まった。その視線が、アンとキースの触れあった手に注がれる。

それでアンは、自分の手にキースの手が触れているのをはじめて意識した。恥《は》ずかしくなり手を引っ込めようとしたが、逆にキースは手にぎゅっと力をこめた。

「ちょっと、キース。手。手が」

焦るアンにはかまわずに、キースは手を離《はな》そうとしない。

「おかえり。シャル」

すっと無表情になっていくシャルを、キースは微笑みで迎《むか》えた。けれどその目には、いつもの柔らかさはない。どこか挑発《ちょうはつ》するような光がある。そしてまだアンの手は握《にぎ》ったままだ。

シャルは何を考えているのかわからない無表情で、つかつかと近寄ってくると告げた。

「レジナルド・ストーの所在がわかった」

シャルの言葉に驚いてキースの力が緩《ゆる》んだのを見計らって、アンは急いで手を引っ込めた。

「わかったの？　どうして」

アンが問うと、シャルは淡々《たんたん》と答えた。

「妖精商人は結束が固い。部外者にギルド代表の所在を教えるわけはない。だが妖精商人同士で、彼の話をすることはある。仕事上、所在を知っている者もいる。それらを傍《かたわ》らで聞いてる連中から、訊《き》きだした」

「あっ、そうか妖精！」

言われてやっと気がついて、アンは声をあげた。

「商品の妖精たちなら、妖精商人の話を側で聞いてるはずだね。気がつかなかったな……」

キースは自分を責めるように呟く。

しかしそれは仕方がないかもしれない。シャルは長い期間、妖精商人に売り買いされていた。その経験があるからこそ、気がついたのだ。さらに彼が妖精であるからこそ、妖精たちもシャルの問いに答えてくれたのかもしれない。

シャルは自らが望んだことを現実にするために、動いたのだろう。

「奴《やつ》はギルム州の州都ノーザンブローに現れたらしい。棺《ひつぎ》を載せた馬車に乗ってな」

「棺？」

不吉《ふきつ》な単語に眉《まゆ》をひそめたアンに、シャルは頷《うなず》く。

「妖精商人たちも、それについて様々な憶測《おくそく》をしているようだ」

「ノーザンブローだね。ありがとうシャル。これでようやく、子爵は動けるはずだよ」

キースはほっとしたように微笑んだが、シャルは変わらず無表情だ。そして、

「坊《ぼう》やは、銀砂糖子爵に報告しろ」

言うやいなや、いきなりアンの手を握った。どうしたのと問う暇《ひま》もなく、シャルはアンの手をぐいぐいと引いて作業場を出た。

取り残されたキースが、びっくりしたような顔をしているのが目の端に見えた。

「シャ、シャル？」

焦って名前を呼ぶが、彼はアンの方を見もしない。彼女を引っ張って食堂を抜《ぬ》ける。

夕食の準備をしていたベンジャミンとミスリルが、シャルの勢いに目を丸くするが、彼はそのまま裏庭に出て階段をのぼった。

夕日は町並みの向こうに沈《しず》もうとしていた。辺りは朱色《しゅいろ》の光に染まっている。寝室《しんしつ》の扉を開けると、シャルはアンを中に放《ほう》りこむようにして手を離した。後ろ手に扉を閉める。

シャルは無言無表情で、ゆっくりとこちらにやってくる。なぜか怒っているような気がした。

アンは追い詰《つ》められるようにじりじりと窓辺により、窓に背をつけた。

「レジナルド・ストーのこと、ありがとう。わたしたちじゃ、見つけられなかったかも……」

とりあえずいつものように話しかけ、笑顔《えがお》で礼を言った。だがシャルはそれには答えず、アンの目の前まで来ると、彼女の逃《に》げ場を封《ふう》じるように両手をアンの両脇《りょうわき》の壁《かべ》につく。

覗《のぞ》きこんでくる黒い瞳《ひとみ》は綺麗《きれい》で、艶《つや》やか。窓から射《さ》しこむ夕焼けの赤い光が、長い睫《まつげ》に触《ふ》れて細かいビーズのように光っている。彼の体からは、爽《さわ》やかな草木に似た香《かお》りがした。これほど近くにいると、どきどきする。ぎゅっとしがみついてみたくなる。

「何をしていた」

唐突《とうとつ》に訊かれ、きょとんとした。

「へ？　何って……。わたしたち今日はずっと市場を歩き回って、情報をもらおうと……」

「馬鹿《ばか》。違う。さっきだ。作業場で、あの坊やと何をしていた」

「あ、さっきね。さっきは、銀砂糖の質を上げるための実験だけど」

「手をつないでか？」

「あれは……なんとなく……」

とんでもない誤解をされそうな場面を見られたことが恥ずかしくて、口ごもる。シャルは苛《いら》ついたように問い返す。

「なんとなく？」

これはちょうどいい機会だ。シャルが縛《しば》られている誓いを、アンは変えていける可能性がある。それを知ってもらえれば、喜んでもらえるかもしれない。

「うん。なんとなく、話をしてたの。キースとなら、いつか家族になれるような気がするって。今はそれしか思えないけど、もしかしたら家族を慕《した》うのに似た気持ちが、キースへの恋に変わってくれるかもしれない。そしたらキースの言葉を受け入れられるし、シャルを自由にしてあげられるかもって。もしそうなったら全部がいい方向に」

アンは笑顔で彼の顔を振《ふ》り仰《あお》いだ。しかしシャルの表情は変わらず、ひんやりと冷たかった。

「家族か……」

なにか諦《あきら》めたように呟《つぶや》くと、シャルは壁についていた手をどけた。

「初めて会ったとき、おまえは寂《さび》しくて、母親のかわりを求めていた。たまたま俺やミスリルがその時出会ったから、おまえは俺たちと今まで一緒《いっしょ》にいただけだった。そんなこと、忘れかけていたな。おまえの求めるものが家族なら、……それはあの坊やの中にしかないだろう」

シャルの言葉の意味がわからなかった。

「わたしは、シャルとミスリル・リッド・ポッドのことを、家族みたいに思ってるけど……」

「俺たちは妖精《ようせい》だ。一人で生まれてくる。人間の作る家族というものの意味が、わからない。だからおまえが求めるものは、俺たちにはわからない」

言葉が、ずきりと胸に刺《さ》さった。

——意味がわからない？

アンが二人の妖精を家族と言ったことを、独りよがりと断言された気がした。

——でも、そうなのかも。わたしだけが、二人を必要としているのかもしれない。

確かに最初は寂しくて、誰《だれ》でも良かったかもしれない。けれど今は、ミスリルやシャルのかわりになれる人はいない。でもシャルやミスリルにとっては、違うのかもしれない。

妖精たちは優《やさ》しさから、アンのことを気遣《きづか》って一緒にいてくれる。だがもしアンに頼《たよ》れる存在ができれば、その誰かにアンを任せて、さっさと自由になりたいかもしれない。

妖精は自然の中に生まれる。人間は、人と人の間に生まれる。妖精が何者にも縛られない自由を求めても不思議ではないし、人間のように家や家族に安らぎを感じるとは限らない。

「キースの中におまえが求めているものがあるなら、奴の気持ちを受け入れるべきだ」

頰《ほお》をぶたれたように、頭が真っ白になる。

「そうしたい……けど。今は無理」

「なぜだ」

理由は言えなかった。シャルを好きだと告白したら、呆《あき》れられそうな気がした。

シャルはしばらく答えを待つようにじっとしていたが、アンは俯《うつむ》いてしまった。その態度にうんざりしたのか、シャルは部屋を出ていった。

——わたしは一緒にいたい。

でもこれは、アンの我が儘《まま》なのかもしれなかった。どうしようもなく、寂しかった。

アンが求めているのは、平凡《へいぼん》でささやかで、人間としての安定した幸福だ。

彼女の口から出た家族の言葉に、それを痛感した。血を分け合い、一緒に過ごし、慈《いつく》しみあう家族というものが、シャルにはぴんと来ない。家族という特殊《とくしゅ》な親密さの感覚がわからない。

家族のなんたるかも理解できないシャルが、家族を求めるアンの恋人《こいびと》になっても彼女に幸福を与《あた》えられない。それができるのは、シャルではなくキースだ。

アンの未来に彼女が欲しがるものを与えてやれないなら、シャルは自らの恋心《こいごころ》など殺してしまう方が良かった。

階段を下りて裏庭に立つと、台所の勝手口からキースが出てきた。

「あ、シャル。今君のところへ行こうと思っていたんだ。レジナルド・ストーのこと報告するように、子爵《ししゃく》の兵士に頼《たの》んだよ。今夜中には子爵に知らせることができる。ありがとう」

「礼を言われるほどのことじゃない」

キースの前を通り過ぎようとしたシャルの肩《かた》を、キースが摑《つか》んでひきとめる。

「待って、シャル。訊《き》きたいことがあるんだ」

じろりと睨《にら》むが、キースはひるまずに、澄《す》んだ茶の瞳で見つめ返してくる。

「シャル。君、アンのことが好き？　恋してる？」

さやさやと春の夕風が吹《ふ》き、キースの前髪《まえがみ》を揺《ゆ》らしている。春の宵風《よいかぜ》の揺らめきは、彼の心のざわめきそのもののようだ。だがその心のざわめきすら、こうやって素直《すなお》にさらす彼がうらやましくもある。

「あのかかし頭に興味があるのは、おまえみたいな物好きだけだ」

「僕はそう思えない。シャルの言葉や態度。全部がアンを好きだって言ってる気がする」

「おめでたいな、坊や」

「認めないならいいよ。シャル。君がアンのことを愛していても、そうでなくても。僕はアンが好きだ。諦めるつもりはない。それだけ言っておきたいんだ」

「それがあいつにとっても、幸せだろう」

戸惑《とまど》うようにキースは瞬《また》きした。胸をふさぐ苦しさを飲み込んで、シャルは食堂に入った。

「シャル～。もうすぐ夕食ができるよぉ」

煮込《にこ》みスープの湯気の向こうから、ベンジャミンがふわふわと声をかけてくるが、ミスリルは神妙《しんみょう》な顔をしている。

「おい、シャル・フェン・シャル。さっきはどうしたんだ、アンがびっくりした顔して……」

返事するのも億劫《おっくう》で、黙《だま》って食堂から出た。廊下《ろうか》を抜《ぬ》け、店舗《てんぽ》の出入り口から外へ出る。

あちこちの家の煙突《えんとつ》から、煙《けむり》があがっている。春といっても日が落ちると空気は冷たく感じるのだが、その冷たさを和《やわ》らげるように、肉を焼く香りやスープの香りが漂《ただよ》う。家路を急ぐ人間たちの表情の明るさと、窓に灯《とも》りはじめた明かりの暖かさ。妖精のシャルには作れない、人間の幸福の景色だ。そしてこれがアンの望むものだ。

——俺は誓った。だからあいつの幸福を守るべきだ。そのためには……。

その時。背筋がぞくりとした。

身構えふり返るが、背後には急ぎ足で家に向かう職人ふうの男と、買い物かごを抱《かか》えて歩く主婦の姿しかない。大通りから路地に入る角が幾《いく》つかあるが、そこにも怪《あや》しい人影《ひとかげ》はない。

ここ数日、レジナルド・ストーの情報を求めて妖精市場を歩き回った。その最中、何度も誰かにつけられているような気がしていた。しかし何を仕掛《しか》けてくるわけでもないので、あまり気にしなかった。

しかし今、確かに殺気を感じた。

シャルが狙《ねら》われる原因はある。シャルはエドモンド二世と王妃《おうひ》、銀砂糖子爵とダウニング伯《はく》爵《しゃく》を前に、妖精王と名乗った。彼らが、妖精に妖精の技術を伝えるという誓約《せいやく》を守っているからといって、シャルの存在を放置しておくという保証はない。

シャルは自らの誓約は破るつもりはない。だが、人間王はどうだろうか。

アンやペイジ工房《こうぼう》の連中を信じるようには、シャルは人間王を信じ切れない。

「おはよう、アン」

キースが朝食のためにテーブルを整えていると、アンが食堂に顔を出した。キースはすぐに、アンに声をかけた。アンは明るく、おはようと挨拶《あいさつ》を返した後に、部屋の中を見回した。

「ねぇ、シャルは？」

竈《かまど》でかぼちゃと山羊《やぎ》ミルクのスープを温めていたベンジャミンが、ふわふわと答える。

「あ〜。お散歩に行ったよぉ。朝ご飯はいらないんだって〜。お腹《なか》すくのにねぇ」

「そっか」

アンはすこし寂しそうに微笑《ほほえ》んだ。肩に乗っていたミスリルが、むっと唸《うな》って腕組《うでぐ》みする。

「なんだ、あいつ。昨日から態度がおかしいぞ」

ミスリルの言うとおり、アンに対するシャルの態度が素っ気なくなったとキースも感じていた。今朝もシャルだけが一人早朝に起き出して、どこかへふらりと散歩に行ったのだ。夕べ帰って来たのも真夜中過ぎで、アンが眠《ねむ》った後を狙っているようにも思えた。

「ねぇ〜。朝食にするからぁ、キャットを起こしてきてよ。お願いアン。スルスルも〜」

ベンジャミンが竈の前から声をかけると、アンは気を取り直すように元気に頷《うなず》いた。

「うん、いいよ」

ミスリルは深いため息をつく。

「ああ……。ベンジャミンが俺様の名前をきちんと覚える日は永遠に来ないかもな……」

「大丈夫《だいじょうぶ》よ。多分……。十年くらいかければ」

「十年……」

アンとミスリルが食堂を出て行くと、キースは食卓《しょくたく》に皿やフォークを並べはじめた。

――シャルは、アンに恋してる。

それは間違《まちが》いないような気がした。同じ相手に同じように恋をする者の仕草や視線は、キースにはよくわかった。だが昨夜からシャルは、わざとアンとの距離《きょり》をとっている。

そしてさらにシャルはキースに向かって「それがあいつにとっても、幸せだろう」とも言った。キースがアンの恋人になるべきだとでも、言いたげだった。

――シャルは、アンを僕に譲《ゆず》るつもり？

そう思うとなぜか無性《むしょう》に腹が立った。そんなのは嫌《いや》だった。キースは眉《まゆ》をひそめながら、もくもくと朝食の準備を整えていた。と、店の扉《とびら》を叩《たた》く音が聞こえた。

顔をあげて耳を澄ますと、控《ひか》えめながら、確かにノックが響《ひび》いている。

「誰かな。お客様みたいだ。見て来るよベンジャミン」

「わかった〜。残りの準備はしておくねぇ〜」

ベンジャミンに後を任せると、キースは店に向かった。

扉越《とびらご》しに声をかけると、落ち着いた低い声が答えた。

「どなたですか」

「サリムです。銀砂糖子爵の遣《つか》いで参りました」

それは常にヒューと行動を共にしている、褐色《かっしょく》の肌《はだ》の異国青年だ。かなり腕《うで》の立つ護衛だが、キースは彼の声をほとんど聞いたことがないほど無口だ。

急いで扉を開けると、いつものように無表情なサリムがそこにいた。

「おはようございます。サリムさん。子爵のお遣いですか?」

「明日の早朝に、あなたと、アン、シャル、ヒングリーさんを銀砂糖子爵が迎《むか》えに来ます。子爵に同行してください。ノーザンブローへ参ります」

「ノーザンブローへ? どうして」

「レジナルド・ストーとの交渉《こうしょう》に同行して頂くとのことです」

ぴんと来た。

――そうか。子爵は、僕たちに自覚させたいんだ。

ストーとの交渉に、キースたちは必要ない。だがヒューがあえて三人に同行を求めているのは、彼らの自覚を促《うなが》すためだ。妖精《ようせい》たちを集める組織を立ちあげ運営する仕事が、彼ら三人の仕事なのだと。

同時にヒューは、挑発《ちょうはつ》しているのだろう。期待しているのだから応《こた》えてみろと、あの皮肉な口調が聞こえてきそうだ。

「わかりました。明日朝までに準備を整えて、待っています」

キースがしっかり答えると、サリムは頷いて身を翻《ひるがえ》し歩き出す。キースは軽く拳《こぶし》を握《にぎ》った。

――僕たちは、やり遂《と》げるんだ。

ヒュー・マーキュリーに、無能だと思われたくなかった。

ギルム州はハイランド王国中部に位置し、ビルセス山脈を含《ふく》む広大な面積を有する。しかしその広大な州領の半分以上は、岩の多い瓦礫《がれき》の荒野《こうや》だ。州公のタッソー伯爵は城に引きこもりがちで、国王への定期的な謁見《えっけん》以外に政治の場に顔を出さない。

ギルム州は昔から、王国の中でも存在を忘れられがちな場所である。母親のエマとともに王国を旅していたアンですら、ギルム州にはなじみが薄《うす》い。

妖精商人ギルドの代表、レジナルド・ストーが、そのギルム州の州都ノーザンブローに現れた。その情報をシャルが得てから二日後、銀砂糖子爵《ししゃく》ヒュー・マーキュリーがアンたちを迎えに来た。彼らを伴《ともな》って、ヒューはノーザンブローに向けて出発した。

馬車は走り続けて三日目だ。

「派閥《はばつ》から、いろいろと文句があがってる」

馬車の窓枠《まどわく》に頬杖《ほおづえ》をつきながら、ヒューは苦笑いで言った。

ヒューの準備した大型馬車には、ヒューとアン、キース、キャットが乗っていた。

キャットの肩《かた》の上には、あいかわらず船を漕《こ》ぎながらベンジャミンが座っている。ミスリルもアンの膝《ひざ》の上に丸くなって眠っていた。

馬車の窓の外は暗闇《くらやみ》だった。ノーザンブローにすこしでも早く到着《とうちゃく》したい彼らは、日が落ちてもできる限り馬車を走らせようとしていた。

普通《ふつう》ならばそんな危険なことはできないが、馬車の両脇《りょうわき》には、馬で随行《ずいこう》するサリムとシャルがいる。シャルはアンを連れて夜のブラディ街道《かいどう》を駆《か》け抜けた経験もある。ヒューの護衛サリムも、シャルと並ぶほど腕が立つ。彼ら二人がいれば多少の無茶《むちゃ》も可能だ。さらに彼らとともに、三人の兵士も馬で護衛についている。

シャルはアンたちの旅に同行してくれてはいるが、アンに対する態度はすこし冷たい。彼がそんな態度をとるのは、ぐずぐずしてキースの思いに答えを出そうとしないアンに苛立《いらだ》っているからだろう。

「文句ですか？」

ヒューの正面に座るキースが、問い返した。

馬車の座面と背もたれには、手の込んだ織りの布が貼《は》られ豪華《ごうか》にしつらえてある。貴公子然としたキースは、そこに座っている姿がごく自然だ。

キャットもキースの隣《となり》に座っていたが、彼も見劣《みおと》りしない。ただしものすごい仏頂面《ぶっちょうづら》をしており、ヒューとは反対側の窓の方ばかり見ている。キャットは初日に、自分が作った書類をヒューに突《つ》きつけるように渡《わた》してからずっと不機嫌《ふきげん》そうだ。

「工房に妖精を入れることに、職人たちが反発してる。マーキュリー工房派の連中は、お行儀《ぎょうぎ》がいいからな。毎晩毎晩、キレーンを悩《なや》ませるような話しあいを希望するそうだし。ラドクリフ工房に至っては、三日間ほど職人たちが仕事を放棄《ほうき》したそうだ。拒絶《きょぜつ》の意思表示にな。キレーンは辛抱強《しんぼうづよ》く対応しているが、ラドクリフ殿《どの》はこんなのお手上げだと言ってる」

アンは隣に座るヒューの横顔を見つめた。

「コリンズさんは？　ペイジ工房はどうなってるの？」

「あそこも、散り散りになっていた職人たちが戻《もど》ってきた頃合《ころあ》いを見計らって、話を持ち出したらしい。案の定、最初は反発を食《く》らったが。それでも受け入れの方向に傾《かたむ》いてると報告があった。唯一《ゆいいつ》あそこだけだな」

馬車の車輪が跳《は》ね、その振動《しんどう》で肩の上から転げ落ちたベンジャミンをキャットが危《あや》うく両手で受け止めながら、不審《ふしん》げに訊《き》いた。

「なんであそこだけ、そんなに受け入れがいいんだ？」

「職人頭《がしら》をはじめ主要な職人たちが、妖精に対して寛容《かんよう》らしい。どこその戦士妖精が、ペイジ工房《こうぼう》が危うかったときに助けになったのが大きいみたいだな。それにあそこには、ホリーリーフ城にいた妖精がいるはずだ。そいつを見習いとして働かせはじめたそうだから、その妖精がうまいことやってるんだろう」

主人ハーバートの命令だけを守ろうとしていたノアは、弱々しくて覇気《はき》がなくて、痛々しかった。そのノアがようやく自ら一歩、踏《ふ》み出したのだ。嬉《うれ》しくなると同時に、アンも励《はげ》まされる。僕、がんばってるよ、と、ノアがはにかんだ笑顔《えがお》で言う声が聞こえる気がする。

「ペイジ工房以外はやっかいだな。そうそう職人の認識《にんしき》なんてかわらねぇぞ」

キャットの言葉に、キースも頷《うなず》く。

「そうですよね。女だってだけで、アンに対する風当たりは強かった。妖精となると」

「だが石頭の職人の首根っこを押さえて、妖精を認めろと説教しても認識は変わるはずない」

ヒューは眉をひそめた。

このままでは、今アンたちが集めようと努力している妖精が、工房に受け入れられない。仮に受け入れられたとしても、つらい目に遭《あ》うのは目に見えている。

なんとかして、職人たちの認識を変えなくてはならないのだ。

けれどヒューが言うように、説教すれば変わるものでもない。

──職人たちが、妖精たちを認めてくれるようにする方法。

膝の上に眠《ねむ》るミスリルの頭を軽く指先で撫《な》でながら、アンは考え込んだ。その方法さえ見つかれば、今も進んでいるこの仕事にもっと希望が持てる。

シャルが作った妖精たちのためのチャンスを、未来につなげられる。

――どうすればいいのかな？

三日月が高い位置に昇《のぼ》ってから、シャルとサリムは馬車を止めさせた。

そこはウェストルからノーザンブローに続く、ウェルノーム街道の中間辺りだ。瓦礫の多い荒野だが、馬車を寄せることができる崖《がけ》の窪《くぼ》地を見つけたので、そこで野宿をすることにした。

火をおこし、ベンジャミンが簡単な食事を作ってみんなに振《ふ》る舞《ま》った。いつも寝《ね》てばかりいるキャットの相棒は、料理に関してだけは手際《てぎわ》がいい。

アンたちは、安全のために馬車の中で仮眠《かみん》を取ることになった。御者《ぎょしゃ》は、御者台の隙間《すきま》に革《かわ》の幌《ほろ》をかけて横になっている。

シャルはサリムとともに焚《た》き火の番をしていた。荒野で野宿する場合、野獣《やじゅう》を避《さ》けるために火を絶やすわけにはいかない。

三人の兵士たちはシャルたちを避けるようにして、別の焚き火を囲んでいる。常に銀砂糖子爵の影《かげ》のように従うサリムを、兵士たちは恐《おそ》れている様子だ。それはシャルに対しても同じで、羽を握られていない戦士妖精《ようせい》が、いつ暴れ出すか気が気ではないらしい。

銀砂糖子爵の護衛サリムは無口な青年だ。褐色《かっしょく》の肌《はだ》に炎《ほのお》が映《は》える。シャルもおしゃべりな方ではないので、炎をはさんで二人して黙《だま》り続けることになっていた。

農家の窓明かり一つない荒野では、夜空を埋《う》めるほどたくさんの星がまたたく。

真夜中近くになって、アンが一人馬車から降りてきた。馬車の脇《わき》に付属する荷物入れを探《さぐ》っていると思ったら、木のカップを幾《いく》つかと、水を満たした鍋《なべ》の中にお茶の葉を入れたものを手にして焚き火の側《そば》に来た。

「ちょっと、寒くて。温かいお茶を飲んでもいい？」

「ええ。かまいません。どうぞ」

サリムは体をずらし、座っていた革の敷物《しきもの》にアンの座る場所を空けてやった。

アンは焚き火の上に鍋をかけ、ゆらゆらとお湯の中で揺《ゆ》らめくお茶の葉を覗《のぞ》きこんでいる。

その横顔をシャルは、ぼんやり見つめる。細い首。細い肩。細い腕《うで》。なにからなにまで、かかしみたいに細っこい。頬《ほお》が少し赤いのは、寒いからだろう。綺麗《きれい》に編みこんでいる髪《かみ》が一筋だけ乱れて耳にかかっているのに気がつくと、それをなおしてやりたくて仕方ない。麦の穂《ほ》色の髪は、この一年半で明るさが増して艶《つや》がある綺麗な色になっている。

「はい。サリムさん」

鍋の湯が沸《わ》き立つと、アンは湯を柄杓《ひしゃく》ですくって茶こしでこして、カップに注いだ。それをサリムに差し出すと、サリムは意外そうな顔をする。

「俺にもですか？」

「うん、だって。一人で温かいもの飲むのは、気が引ける。飲みにくい」

笑いながら手渡《てわた》されたお茶を受け取り、サリムは口元に微笑《びしょう》を浮《う》かべる。

「はい、シャルも」

渡されたカップを無言で受け取るシャルに、アンはすこし寂《さび》しそうな表情をする。

アンは三人の兵士にもお茶を振る舞い、自分もお茶を飲み終えると馬車に戻っていった。

するとすぐにサリムが、非難するような視線をシャルに向けた。

「この旅の間じゅう、おまえはアンに冷たい。見ていて可哀相《かわいそう》だ」

「普通だ」

シャルは投げやりに答えた。

「嘘《うそ》だ」

「あのかかしが可哀相なら、おまえが可愛《かわい》がって、甘やかしてやれ。俺の仕事じゃない」

「では、おまえの仕事はなんだ？　なんのために彼女と一緒《いっしょ》にいる」

シャルは躍《おど》る炎をすかしてサリムを睨《にら》みつける。

「あいつを守るためだ。あいつのために、一緒にいる」

アンに幸福を与《あた》えることができないなら、彼女を守ることが唯一シャルにできることだ。

その答えに、感情のわかりにくいサリムの表情がわずかに動く。すこし驚《おどろ》いた様子だったが、しばらくすると頷いた。

「そうか……。俺も一緒だ」

炎を見つめながら、サリムは呟《つぶや》くように言った。

「俺は人に、なにかを与えることができなかった。奪《うば》うだけだった。だが恩ある人のために、何かしたかった。俺は与えるものは持っていないが、守ることだけはできる。だから守ってる」

この異国の青年が、どんな人生を送りどういう経緯《けいい》でヒューの護衛役となったかは知らない。おそらく彼が歩んできた道は、平坦《へいたん》ではなかっただろう。その彼が「守る」と言った言葉の重さは、シャルにもわかる気がした。

ため息混じりに答える。

「おまえも影か」

シャルもサリムも高い戦闘《せんとう》能力があるゆえに、そういう道を選べる。それは幸運なのかもしれない。しかし相手を守るだけということは、結局相手の人生には踏みこまない決意をしているということだ。ただ見守り、影に徹《てつ》する。それは孤独《こどく》だ。けれど満足だ。

影が二人して向き合っているのは、どこか滑稽《こっけい》だった。影は寄り添《そ》うべき光がなければ、動くこともままならない。

「周囲を見てくる」

　シャルは立ち上がり、馬車の周囲を見て回った。獣《けもの》が接近してきた気配はないか、遠くに盗《とう》賊《ぞく》たちの掲《かか》げる松明《たいまつ》の明かりがないかを確かめた。

　暗闇《くらやみ》の中、ブーツの底にごろごろした石の感触《かんしょく》を感じながら歩く。

　突然《とつぜん》だった。背後の暗闇に、殺気が膨《ふく》れあがる。考える暇《ひま》もなく、シャルは右の掌《てのひら》を広げていた。暗闇の空気から銀の光の粒《つぶ》が生まれ、シャルの掌に吸い寄せられていく。

　しかし相手の方が早かった。

　剣《けん》が形になる前に、真っ暗闇に黒い人影《ひとかげ》が飛ぶ勢いで現れ、剣を横なぎに振り抜《ぬ》いてきた。

　シャルは体を反らしてかわした。掌に白銀の剣が出現する。

　相手は横に振り抜いた剣を下から上へなぎあげた。シャルは後ろに飛び退《の》きざまに、跳《は》ね上がった相手の剣を横に払《はら》う。暗闇に金属同士を打ち合わせたような鋭《するど》い音が響《ひび》く。

　相手の姿は見えなかったが、シャルは剣の繰《く》り出される位置を計り、斜《なな》め前方に踏みだし、片手で剣を横に払った。

　わずかな手応《てごた》えがあった。かすった。

　相手は声もあげずに飛び退いた。そして、ふいと殺気が消えた。

　――なんだ？

　身構え、用心深く暗闇を透《す》かし見る。相手は逃《に》げ出したようだ。

構えをとくと、剣をさげ持ったまま用心深く周囲を見回す。そしてゆっくりと踏《ふ》みだし、暗闇の中を敵の気配を探して歩きだした。

しかしあるのは風の吹《ふ》きすさぶ音と、星の瞬《またた》きだけだ。

しばらく周囲を探った後に、もはや敵は完全に消えたと判断した。手を軽く振って剣を消しながら、シャルは遠く見える焚き火の炎に向かった。

――いったい、この荒野《こうや》でどこから現れた？

あとをつけられている気配はなかった。こんな瓦礫《がれき》の多い荒野では、近くまで馬や馬車で近づけば石を踏む音がするはずだ。そんな音は聞こえなかった。

まるで地面から湧きだしてシャルを襲《おそ》い、また地面の中に吸い込まれて消えたかのようだ。

焚き火のところに戻《もど》ると、サリムが薪《まき》を炎に投げ込んでいる。

「今、俺たち以外の誰《だれ》かの気配を感じなかったか？」

訊《き》くとサリムはちらっと目をあげて、首を振った。

「気がつかなかったが」

再び炎に目を戻したサリムの横顔には、炎に照らされて影が揺れている。

馬車の中に戻ったアンは、座席に寝《ね》かせていたミスリルをそっと抱《だ》き上げて、再び自分の膝《ひざ》に乗せた。するとミスリルが、ぽかりと目を開けた。

「あれ、アン？　おまえ外に出てたのか？」

馬車の中は、星明かりのために微《かす》かに明るい。ヒューは腕《うで》組《ぐ》みして顔を伏《ふ》せて眠《ねむ》り、キースは壁《かべ》に頭をつけてすうすう寝《ね》息《いき》を立てている。キャットはベンジャミンを抱《かか》え、顔を天井《てんじょう》に向けて眠っていた。彼らを起こさないように、アンは声を落として答えた。

「あ、ごめんね。起こした？　ちょっとお茶が飲みたくて、外に出たの」

「嘘つけ。シャル・フェン・シャルの様子が気になって、見に行ったんだろ」

図星をさされて、アンは真っ赤になる。ミスリルはのろくさと起き上がると、ちょんとアンの膝の上に座る。そしてひそひそ声で言う。

「なぁ、アン。おまえシャル・フェン・シャルとなにかあったのか？　あいつこの旅に出る二日ほど前から、アンに対する態度が変わったよな」

ミスリルは意外にも、アンやシャルの様子をよく見ている。気にかけてくれているのだろう。

「別になにもないの。ただシャルは、わたしがキースの気持ちを早く受け入れて、幸せになればいいなって思ってるみたい。キースの気持ちを受け入れるべきだって言われたの」

「あいつが？　そんなことを言ったのか？　ひどい奴《やつ》だな！　あいつを好きなアンに向かってそんなことを！　よっし、ここは俺様があいつに説教を……」

「ちょ、ちょ。ミスリル・リッド・ポッド！　待って」

腕《うで》まくりして立ちあがろうとするのを押しとどめ、さらに声を落とす。

「仕方ないよ。シャルはわたしがシャルのことをどう思ってるかなんて、知らないんだもの。それにわたし、自分の気持ちを変えられればいいって本気で思うの。キースをシャルみたいに、好きになれればいいって」

ミスリルはやれやれと、偉《えら》そうに両掌を上に向けて首を振《ふ》る。

「アンはやっぱり、かかし頭だな。誰かを好きなんて気持ち、『よっし、こっちを好きになるぞ』って変えられるもんかよ。それに変える必要なんかあるのか、それ？」

「だってシャルのためにも」

「そんなこと考えてたら、恋《こい》なんか実らないぞ！　アンは心配するな！　俺様に任せろ！　いずれものすごい計画をぶちあげてやるからな。じゃ、おやすみ！」

と言うなり、ミスリルはアンの膝の上に横になってくるりと丸まった。

──ものすごい計画!?　なにそれ!?

冷や汗《あせ》が出たが、ミスリルは瞬間《しゅんかん》的にぱたりと眠って、ぐうぐういびきをかきはじめた。

──とんでもないことが起こらないように、祈《いの》っとこう……。

眠ろうと目を閉じて馬車の壁に頭をつけるが、胸の中が寒くてなかなか寝つけない。目を閉じると、さっきのシャルの態度を思い出す。

目の前に幸せになる道があるのに、一歩を踏み出そうとしないアンに、シャルは苛立《いらだ》ってる。アンの思いが、彼に理解できないのは当然だ。シャルはアンの気持ちを知らない。

だがもし、アンがシャルに恋しているからキースの思いを受け入れられないのだと知ったら、シャルは呆《あき》れるだろう。笑うかもしれない。そして困るだろう。彼を困らせたくはない。

——こんなこと考えてちゃ駄目《だめ》だ。

アンは今、シャルの望んだことのために働いているのだ。シャルのことが気になって仕事がおろそかになってしまっては、それこそ彼に軽蔑《けいべつ》されてしまう。

——考えなきゃいけないのは、これからレジナルド・ストーを見つけて、交渉《こうしょう》を成功させること。そしてどうやったら妖精《ようせい》たちが、職人の世界に受け入れられるか。

銀砂糖だけ触《さわ》っていられれば幸せだったのに、いつのまにかアンは、こんな事まで考えなくてはならなくなっている。

ペイジ工房《こうぼう》でもグレンに、銀砂糖師としての責任と言われた。

銀砂糖師の称号《しょうごう》を手に入れ銀砂糖師となり、さらに銀砂糖妖精の技術の継承《けいしょう》者となってしまったからには、責任が生まれる。それはアンには重すぎる。

だが銀砂糖だけ触っていたいと言って、逃げることはしたくなかった。

職人は砂糖菓子《がし》に生かされているのだから、その責任からも逃げたくない。

物心ついた頃《ころ》から、アンはずっと銀砂糖に触《ふ》れていた。銀砂糖に触れない日が、七日以上になったことはないと思う。

今回の旅に出るときも、どのくらいの期間が必要かわからないとヒューに告げられたアンは、手荷物と一緒《いっしょ》に、小さな銀砂糖の樽《たる》と細工の道具を持参したくらいだ。キースもヒューも呆れた顔をしたが、笑って馬車の脇《わき》に樽をくくりつけてくれた。

大喜びしたのはキャットだ。彼も自分の荷物の中に、ちゃっかり道具を忍《しの》ばせていたのだ。

ヒューは、「二人とも馬鹿《ばか》だな」と、嬉《うれ》しそうに笑っていた。

瞼《まぶた》が重くなってくる。

――わたしは、色々馬鹿なんだな。

そうと知っているのだけれど、どうしようもない。これが自分なのだ。他《ほか》の人間になることはできない。アンはこんな自分と折り合いをつけて生きていかなくてはならない。

それが一番、やっかいだ。

三章　眠る妖精の値段

ルイストンを出発してから四日目の朝に、アンたちはノーザンブローに到着《とうちゃく》した。

ノーザンブローは、岩の多い荒野の中に突然《とつぜん》現れる街だ。街路は舗装《ほそう》されていないし、建物は石を切り出してそのまま積み重ねて作った無骨な壁でできている。

実用的で、簡素で丈夫《じょうぶ》なものこそが好まれる土地柄《とちがら》なのだろう。

遠く北の方角を見れば、ビルセス山脈の険しい山並みが灰色の影《かげ》のように立ちあがっていた。

街の中心部にある宿屋に、ヒューは部屋をとった。ヒューは護衛のサリムと一緒に一部屋。キャットとベンジャミン、キースが一部屋。そしてアンは、シャルとミスリルとで一部屋だ。

ノーザンブローでは一番格式の高い宿屋らしく、アンのあてがわれた部屋にも、がっちりした作りの大きなベッドが二台あった。カーテンなども厚手の布が使われていた。けして華《はな》やかではないが、長持ちしそうな質のよさだ。

荷物の整理を終えた一行は、ヒューの指示で一階の食堂兼《けん》酒場に集まっていた。

石壁《いしかべ》の広々とした食堂兼酒場には、昼食をとるために客がちらほらやってきた。客たちは見慣れぬ一団に興味津々《きょうみしんしん》で、様子を窺《うかが》っている。それも無理からぬ事だった。

ヒューは宿屋に到着すると、銀砂糖子爵《ししやく》の略式正装に着替《きが》えていた。壁際《かべぎわ》にはサリムとシャルも控《ひか》えている。ヒューは自分たちの存在を誇示《こじ》しているようだった。

「なんだよ、その服。似合っちゃいねぇ」

キャットが鼻じろんだように言う。

「そうか？　色気があると言って褒《ほ》めてくれるご婦人も多いぜ」

「けっ！　てめぇは太鼓《たいこ》もちか！　そうやって子爵様を気取って、お貴族様気分を味わいてぇために、貴族連中のご機嫌《きげん》とりでせっせとお仕事かよ」

「今回はとりわけ、にゃーにゃーうるさいぞキャット」

「誰《だれ》がにゃーにゃーなんか言ったんだ！　誰がっ！」

キャットは摑《つか》みかかりそうな勢いだが、ヒューはにやにやするだけだ。

「ほんとうに、キャットじゃないですけど。こんなに目立つ必要はあるんですか？」

首を傾《かし》げて訊《き》いたアンに、ヒューは答えた。

「宿の主《あるじ》に、レジナルド・ストーを探していると伝えてある。行方《ゆくえ》を知っている者には、それなりの礼もするとな。すぐに噂《うわさ》を広めてくれるさ。ただし街の連中が噂を信じてくれなきゃ困る。確かにここにはストーを探している銀砂糖子爵がいると、証明する必要があるだろう」

レジナルドはどこにいるのかと、闇雲《やみくも》に訪ね歩いても無駄《むだ》だ。それはルイストンの妖精市場を歩き回って、実感していた。

ノーザンブローにはこれといった産業も名産品もない。こんな田舎町《いなかまち》にしては珍《めずら》しく、妖精市場が立つくらいだ。妖精市場に来る他州からの客と、妖精を狩《か》るために荒野《こうや》に出かける妖精狩人《かりゅうど》が落とす金で、なんとか街の経済は支えられている。人々は、それほど裕福《ゆうふく》ではない。銀砂糖子爵からの謝礼と聞けば、心が動く人間は多いはずだ。

アンたちが昼食をとりお茶を飲み終わった頃には、その場も閑散《かんさん》としていた。

午後もだいぶんまわった頃に、つばなしの帽子《ぼうし》をかぶった商人ふうの男がふらりと入ってきた。彼は周囲を見回し、銀砂糖子爵の姿に目をとめた。そして迷わずこちらに向かってくる。

サリムとシャルが、わずかに身構える。しかし商人ふうの男は、護衛の二人が危険と判断する距離《きょり》の外で立ち止まった。男はヒューの方をまっすぐ見て、声をかけてきた。

「銀砂糖子爵か？」

「そうだが」

ヒューは落ち着き払《はら》っている。男はなんの前置きもなく切り出した。

「レジナルド・ストーの居場所を探しているらしいな。謝礼までつけていると聞いたぞ」

唐突《とうとつ》かつ無礼な態度に動じることもなく、ヒューは答える。

「そうだ。おまえはなんだ？　情報でもあるのか？」

「あるさ。とびきりのやつがな」

男はにっと笑うと、上衣《うわぎ》の内ポケットから紙切れを取り出して差し出した。

サリムがそれを受け取りヒューに手渡《てわた》す。紙切れに目を落としたヒューは眉《まゆ》をひそめる。

「この場所は？」

「そこにレジナルド・ストーがいる。今夜七つ目の教会の鐘《かね》が鳴ったら、そこに行ってくれ。確かに伝えた」

それだけ言うと、男はきびすを返した。ヒューは眉をひそめながら呼び止めた。

「待て。謝礼は？」

すると男は帽子を軽く押さえながら、ふり返った。

「謝礼は、その場所にいるレジナルドに渡《わた》せばいい。俺はただ、彼から遣《つか》いを頼《たの》まれただけだ」

「どういうことだ」

「レジナルドは銀砂糖子爵に会いたがってる。だから自分で自分の情報を売ったのさ」

男は再び歩き出した。アンは唖然《あぜん》とし、出て行く男の後ろ姿を見送った。

「……レジナルド・ストーが？　会いたがってるの？」

ヒューは手にある紙切れを見おろす。

「そういうことらしいな。まあ、探す手間が省けた」

言葉は気楽そうだったが、淡々《たんたん》とした口調や笑《え》み一つない表情から、警戒心《けいかいしん》が読み取れる。

キャットが鋭《するど》い猫《ねこ》目でヒューの持つ紙切れに視線を落とす。

「てめぇ、行く気か？」

「当然だろう。狼《おおかみ》に会うために、俺たちはここまで来たんだ」

「怪《あや》しくないですか？　僕たちが彼を探していると噂を流した途端《とたん》に、会いたいなんて。レジナルド・ストーの方に、銀砂糖子爵に会うべき用件があるとは思えない」

キースが眉をひそめ、男が去った出入り口の方を見やる。

「まあな。だが、行くべき価値はある。護衛はしっかり頼むぞ、サリム。シャル」

シャルとサリムは黙《だま》って頷《うなず》いた。

ハイランド王国には、人間を売り買いする奴隷《どれい》商人が存在しない。しかし大陸の国々では妖《よう》精《せい》の数が少ないために、妖精のかわりに人間を奴隷として売り買いするという。

ハイランド王国の人々は、人間を売り買いする大陸の風習を恐《おそ》れ忌《い》み嫌《きら》っていた。

妖精は見た目が人間とよく似ている。それだけに妖精を売り買いする妖精商人は、人身売買をする奴隷商人と似た印象を持たれ庶民《しょみん》に嫌われる。

だがそうやって忌み嫌っている妖精商人から、人々は妖精を買う。妖精を売る行為《こうい》と、買う行為。どちらも等しく卑《いや》しい行いだ。

妖精商人は自分たちは命を売り買いする者だと認識《にんしき》している。その意味で、罪悪感無しに妖精を買う人間よりはまともかもしれない。彼らは世間から忌避《きひ》されるがゆえに、結束が固い。

そしてそれを鉄の掟《おきて》で統率《とうそつ》する者が、妖精商人ギルドの代表者だ。

現在の妖精商人ギルド代表は、狼と渾名《あだな》されるレジナルド・ストー。名前は知られているが、姿をほとんどみせず、顔を知っている者も少ない。警戒心の強い狼そのものだ。

その獣《けもの》が、自ら銀砂糖子爵を招いたというのだ。

嫌《いや》な予感がする。アンは不安になったが、この誘《さそ》いを断ることができないのも承知していた。行くしかない。


日が暮れて教会が六つの鐘を打ったのを合図に、アンたちは宿屋を出た。

――レジナルド・ストーは、何を考えているの？

アンは不安を抱《かか》えたまま、明かりのとぼしい街外れの道を行く馬車に揺《ゆ》られていた。

馬車の中にいるのはヒューとキャット。アンとキースだ。小さな妖精二人は、安全のため宿屋に残してきた。

シャルとサリム、さらに三人の兵士が馬に乗り、馬車の護衛についている。

サリムは危険があるかもしれないと、アンとキースの若い二人も、宿屋に残るべきではないかと進言した。しかしヒューはそれを拒否《きょひ》した。一連の仕事に関してアンたちも責任を持つ必要があると、彼らを同行させた。

レジナルド・ストーが指定した場所は、ノーザンブローの街外れにある、捨てられた教会だった。十五年ほど前までそこがノーザンブローの国教会本部だったのだが、不便だというので、街中に移転したらしい。その後は不便さもあり活用されず、荒《あ》れるに任されている。

街の明かりが背後にぼんやりと見える、小高い丘《おか》の上に出た。風の通り道らしく、ひゅうひゅうと地面を撫《な》でるように風が吹《ふ》き抜《ぬ》け、雑草の葉を揺らしている。

そこに古びた教会があった。暗闇《くらやみ》に溶《と》けるように鐘楼《しょうろう》の影《かげ》が立ちあがっていた。教会の窓には明かりが揺れている。

遠くノーザンブローの街中から、教会の鐘楼が七つの鐘を鳴らすのが聞こえた。この鐘の音を合図に夕食を終わらせ、寝《ね》る準備を始める家庭も多い。

教会の前に馬車がとまると、シャルとサリムは手近な場所に馬をつないだ。

アンたちが馬車から降りると、サリムはヒューとキャットを守るように、彼らの背後につく。シャルはアンとキースの背後についた。

暗闇と吹き抜ける風に不安が募《つの》り、アンはシャルをふり返る。彼は無表情ながらも、安心させるようにわずかに頷いてくれた。ほっとして微笑《ほほえ》み返す。彼はアンに苛立《いらだ》ち冷たい態度をとっているのに、肝心《かんじん》なときには、こうやって守ってくれようとする。

三人の兵士たちは、外で待たせることになった。

アンたちが教会出入り口のステップの前に立ったのを見計らったように、扉《とびら》が開いた。

風雨にさらされて表面がざらついている扉なのに、風圧に押されたかのような、なめらかで静かな開き方だ。開いた隙間《すきま》から、ゆらゆらと揺れる蠟燭《ろうそく》の明かりが漏《も》れ出てくる。

陰気《いんき》な顔の小柄《こがら》な老人が出迎《でむか》えた。

「銀砂糖子爵《ししやく》ですかい？」

ヒューを見あげて、老人が訊《き》いた。ヒューが頷くと、老人は道を空けるように体をずらす。

「中に入ってくだせぇ。お連れの方々も、どうぞ。祭壇《さいだん》の方へ」

踏《ふ》みこんだ教会の中は、乾《かわ》いた砂のにおいがした。

正面にまっすぐ通路が延びており、左右に礼拝席が並ぶ。通路の最奥にある祭壇の上からは、十字を円で囲んだ神の印がなくなっていた。教会が移転するのにあわせて、運び出されたのかもしれない。

空っぽの祭壇の上には、神の印のかわりに真っ黒な塗《ぬ》りの大きな箱が横たわっていた。棺《ひつぎ》だ。棺を囲むように蠟燭が並べられ、周囲の壁《かべ》には柱や礼拝席の影が大きく歪《ゆが》んで映り、揺らめいていた。蠟燭の赤い光にちらちらと照らされて、棺はぬめるように光る。

不気味な光景に身がすくんだ。シャルがすっとアンの背に寄り添《そ》ってくれた。

ヒューとキャット、キースも眉をひそめる。

祭壇の周りには、六、七人ほどの屈強《くつきよう》な男たちがいる。腰《こし》に剣《けん》をはいているところを見ると、用心棒だろうか。

祭壇中央に一人の男が、棺に腕《うで》をかけて片膝《かたひざ》を立て腰掛《こしか》けていた。こちらを見ている。彼は手近なところにあった燭台《しよくだい》を手に取ると、立ちあがった。

蠟燭の明かりに照らされて、薄暗《うすぐら》い中に彼の容姿がぼんやり浮《う》かび上がる。年の頃《ころ》は、ヒューと同じくらいだろうか。背が高い。長身のヒューやシャルと並んで遜色《そんしょく》ない高さだ。荒《あら》く削《けず》られた彫像《ちょうぞう》のように、すさんだ雰囲気《ふんいき》がその全身から漂《ただよ》っていた。まっすぐで濃《こ》い灰色の前髪《まえがみ》が、なかば目を隠《かく》すように顔にかかっている。同じ灰色の髪《かみ》でも、キャットの髪の色は明るい印象だ。しかし男の髪は、雨の降る焼け跡《あと》に残った灰のようだ。そして瞳《ひとみ》も暗い灰色。身につけているのは黒の上衣《うわぎ》と灰色のズボン。首に巻いているタイだけが、鮮《あざ》やかな赤。

口の片端《かたはし》で、男は微《かす》かに笑った。凶暴《きょうぼう》さを隠しているようなその笑みで、彼がレジナルド・ストーだとすぐにわかった。雰囲気が狼そのものだ。油断できない、灰色の大きな狼だ。

「レジナルド・ストーの情報提供者に支払《しはら》う報酬《ほうしゅう》十クレスは、誰《だれ》に支払うべきだ？」

祭壇へ続く通路へ歩を進めながら、ヒューが気負いなく訊く。アンたちはヒューに従い進んだ。アンの目の前にあるサリムの背中が、ぴりぴりと緊張《きんちょう》しているのがわかる。

「わたしだ。わたしに十クレスを支払うんだ、銀砂糖子爵」

年相応の大人の魅力《みりょく》がある、低くていい声だ。レジナルドは手を差し出す。

ヒューは祭壇前まで来ると懐《ふところ》を探《さぐ》り、取り出した銀貨をレジナルドの掌《てのひら》の上に落とす。

「十クレスだ。おまえがレジナルド・ストーか？」

「そうだ。待ってたぞ銀砂糖子爵。あんたに会いたかったんだよ」

「俺もおまえを探していた。奇遇《きぐう》だな」

レジナルドはまなじりの切れ上がった目で、ヒューとキャット、アンとキースを順繰《じゅんぐ》りに見た。そしてサリムに視線を向ける。

最後にシャルの姿を捉《とら》えたレジナルドは、ほぉっと感嘆《かんたん》の声を出す。

「滅多《めった》にいない上玉を連れているな。誰が使役《しえき》している妖精だ？　言い値で買ってやるぞ」

シャルは無表情だが、祭壇で揺れる蠟燭の炎《ほのお》が羽に照りかえって朱色《しゅいろ》に揺らめく。

「黙れ狼《おおかみ》。俺に主人はいない」

シャルの声は、ぞっとするほど冷たい。

「珍《めずら》しいな。主人持ちでないくせに、人間と一緒《いっしょ》にいる妖精か。しかし誰の所有物でもないなら、わたしが商品として捕《つか》まえて売っても問題ないわけだな」

「やってみろ。やれるものならな」

「やめろ、シャル。喧嘩《けんか》をするために、彼を探していたんじゃない」

ヒューが彼らの会話を遮《さえぎ》る。

「妖精商人ギルドの代表者としてのおまえに、依頼《いらい》があってきた。話を聞いてくれるか？」

「その前に、わたしの用件をすませたい。あんたを呼んだのは、わたしだ」

「ではそちらから言え。用件とは？」

「買ってもらいたいものがあるのだ」

レジナルドは、祭壇中央に置かれている棺の蓋《ふた》にとんと軽く手を置いた。

「これだ」

「棺?」

呟《つぶや》いたキースに向かって、レジナルドはちっちと口を鳴らしながら指を立てて振《ふ》る。

「棺は棺屋が売るものだ。わたしは妖精商人《ようせいしょうにん》だ。この中にいるものを、買ってもらいたい」

「まさか……その中に、妖精がいるの?」

もしそうなら、生きたまま妖精を棺に閉じこめているということだ。それはあまりにもひどい。アンの怒《いか》りの表情に気がついたのか、レジナルドは肩《かた》をすくめた。

「そのとおりだ、お嬢《じょう》さん。でも心配するな、妖精は眠《ねむ》ってる。意識はない。死体と同じだ」

「それでも、あなただって眠っている間に棺に入れられたら嫌じゃないの?」

「嬉《うれ》しくはないだろう。だが……出してもいいのか?」

レジナルドの鋭《するど》い目が光る。彼は手にある燭台を祭壇の上に置いた。そしていきなり、棺の蓋に両手をかけると、乱暴に奥へ押して滑《すべ》らせた。

祭壇から棺の蓋が滑り落ち、大きな音が響《ひび》く。

アンは思わず両手で耳をふさぎ、顔をしかめた。

「わたしの持っている商品を見ろ。銀砂糖子爵」

「俺にか? なんだ?」

レジナルドは燭台を取りあげると、棺の方へかざした。揺らめく蠟燭の明かりの下に、棺の中がさらされた。

「これは……」

ヒューが信じられないものを見たように目を見開き体を強《こわ》ばらせ、絶句した。

キャットは、じりっと後退《あとずさ》る。

アンはつま先立ちして棺の中身を見た途端《とたん》に、声をあげそうになって両手で口を押さえた。体が震《ふる》える。その両肩《りょうかた》をシャルが背後から支えてくれたが、振り仰《あお》ぐと、彼もまた信じられないものを目にしたような表情だった。羽がぴんと緊張し、身震《みぶる》いするように震えた。

「この妖精がなんなのアン？」

キースは、アンたちの反応に驚《おどろ》いたようだった。問われたが、震えのために声が出なかった。

真っ黒い棺に真っ白い絹が敷《し》き詰《つ》められ、その中に埋《うず》もれるように美しい妖精が横たわっていた。白い肌《はだ》と長い睫《まつげ》。息をのむほど端麗《たんれい》で、どこかに人を誘《さそ》うような柔《やわ》らかな雰囲気をまとう。ゆるくうねり、胸の前までたれている髪の色は、薄《うす》い緑と青を混ぜ合わせたような曖昧《あいまい》さ。

けれどその妖精が、美しいだけの妖精ではないとアンは知っていた。

棺の中に眠っているのは、シャルの兄弟石の妖精。ラファル・フェン・ラファルだ。

「こいつを買ってもらおう！」

レジナルドが棺とアンたちの間に立ちはだかり、声を張った。

その途端、シャルの中に抑《おさ》えきれない怒りが爆発《ばくはつ》した。

「貴様!!」

シャルは右掌を広げ、そこに意識を集中した。銀の光の粒《つぶ》がきらきらと寄り集まるのを見て、レジナルドの用心棒たちが踏み出そうとした。しかし彼らがそれ以上動く前に、ヒューが鋭い声で制止した。

「やめるんだ！　シャル！」

「おまえに命令される筋合いはない！」

どうしてラファルが生きているのか。そしてなぜこんな状態で、彼らの手に落ちているのかわからない。混乱したし、さらに怒りに震えた。

シャル自身がラファルを追い詰めて破滅《はめつ》させたし、彼が目の前で起き上がれば、剣を交えるだろうとも思う。だが誇《ほこ》り高さゆえに狂気《きょうき》をはらんだ兄弟石の妖精に、妖精商人どもがさらなる仕打ちをすることは許せなかった。

「やめてシャル！」

青くなって震えていたアンが、シャルの動きを封《ふう》じるように胸に抱《だ》きつく。

「離《はな》れろ！」

振りほどこうとするが、アンはしゃにむに抱きついてくる。

「シャル！　怒《おこ》るのは当然よ！　ひどいことよ！　なんでこんな事になってるか、わけがわからない！　でもこの人を斬《き》れば妖精商人たちは協力してくれない！　シャルがせっかく作ってくれた妖精たちのための機会が、ふいになっちゃう！　お願いシャル！　斬らないで！」

必死に見あげてくるアンの目に、じわりと涙《なみだ》が浮《う》かぶ。

「ごめん。シャル。人間は、こんなことしかしなくて……ごめん」

ぎゅっと抱きつきながら、俯《うつむ》いた。

「ごめんね」

アンの悲しみが体に流れこんでくる。胸の中にさっと霧雨《きりさめ》が降ったように、怒りにたぎっていた体が静かになった。

――こいつは馬鹿《ばか》だ。

人間の醜悪《しゅうあく》な所行を、同じ人間という種族として恥《は》じている。そしてそれ以上に、その醜悪さに自分も傷ついている。自分のやったことではないと、素知らぬ顔ができないのは馬鹿だ。

長い息をつき、シャルは掌に集まりかけた光を散らした。アンの頭に手を載《の》せた。

「わかった。アン」

シャルが激高したことに驚いていたキースだったが、シャルの怒りがおさまったのと同時にはっとしたらしく、焦《あせ》ったようにヒューに訊《き》く。

「子爵《ししゃく》。あの妖精はなんなんです」

「去年の秋から新聖祭《しんせいさい》にかけて、妖精商人や砂糖菓子《がし》職人を襲《おそ》っていた妖精だ」

「あの妖精ですか⁉」

キースも顔色をなくした。

シャルはアンの肩に手をかけ、そっと彼女の体を離させた。そして今度は落ち着いて、暗い目でじっとシャルを観察するレジナルドと対峙《たいじ》した。

「どうしてそいつが、おまえの手にある」

「我々は自衛のために犯人の妖精の情報を集めていたし、子爵の動きも見張っていた。ブラディ街道《かいどう》の外れにある城砦《じょうさい》を、子爵が急襲《きゅうしゅう》したという情報も得た。そこで、我々の仲間から盗《ぬす》まれた妖精たちの所在がわかればと思ってな。子爵が引きあげた後に人数をそろえて、城砦とその周辺を捜索《そうさく》させてもらった」

「おまえたちは戦場で屍肉《しにく》をあさる獣《けだもの》だ」

侮蔑《ぶべつ》の言葉に、レジナルドは唇《くちびる》の端《はし》をちょっとつり上げる。

「そのとおりだ。しかし妖精たちは逃《に》げ散った後で、一人も捕まえられなかった。だが、その帰途《きと》にこいつを見つけた。城砦からかなり離れた場所に、半ば雪に埋もれて眠っていた」

「……なにがしてぇんだ」

キャットが嫌悪《けんお》感《かん》を隠《かく》そうともせずに眉《まゆ》をひそめる。

「我々の仲間を殺して損害を与《あた》えた犯人だからこそ、役に立ってもらうのだ。王家がこいつを買ってくれ、銀砂糖子爵。あんたがダウニング伯爵《はくしゃく》に話をつけてほしい」

レジナルドの要求に驚き呆《あき》れたように、ヒューが目を見開く。

「王家に買えと？　馬鹿な」

「買わないならば、別の買い主を探すまでだ。眠っていれば、美しい人形だ。欲しがる奴《やつ》はごまんといる」

「誰《だれ》かが買った後に、彼が目覚めたらどうする気なんです⁉」

非難の声をあげたキースに、レジナルドは歯をむき出して笑った。狼《おおかみ》の笑《え》みだ。

「知ったことか。買ったからには、買った奴の責任だ。買った奴がへまをして殺されようが、この妖精がまた野放しになろうが、わたしたちには関係ない。わたしたちは、売るのが仕事だ」

悪びれるところがまったくない。レジナルドは、王家がラファルを買い取らなければ、間違《まちが》いなく他《ほか》の誰かに彼を売り渡《わた》しそうだ。

眠るラファルの姿を見て心を奪《うば》われ、危険を承知で欲しがる人間が現れても不思議ではない。

「さあ、どうするかね。銀砂糖子爵」

「売値は？」

内心の怒りを抑えつけるように、ヒューが低い声で訊く。

「三万クレス」

「三万!?」

キャットが目をむく。貧乏暮《びんぼうぐ》らしのキャットにしてみれば、天地がひっくり返るほどの大金だろう。それはアンにしても同じで、唖然《あぜん》とする。

ペイジ工房《こうぼう》規模の工房が、職人たちに給料を払い商売を成立させるのに必要な一年の予算が、一万クレス程度だ。妖精《ようせい》一人にその三倍の額を支払《しはら》うのは、桁外《けたはず》れだった。

「さらに、条件がもう一つ。今、妖精商人だけが、王国への納税率を二十五パーセントに設定されている。それを他の商人と同様の、十パーセントに引き下げろ。まあ、三万クレスにしても税率にしても、多少譲歩《じょうほ》してやってもいい。が、交渉次第《こうしょうしだい》だ」

妖精市場は、決められた街でしか開くことが許されていない。それは庶民《しょみん》の嫌悪感を無闇《むやみ》にあおらないためにと、王国が定めた。

しかしその実、妖精市場を限定的にして商売の流れを見えやすくすることによって、そこから得られる税金を誤魔化《ごまか》されないようにするためらしい。

妖精市場の売り上げは各市場ごとに集計され、そこから税金分のお金がギルドの代表に集められる。そしてギルドの代表から、王国に対して税金を納める。

妖精市場から得られる税金はかなりの額だ。妖精は取引単価が高く、また売り買いが活発なために、王国にとって貴重な財源の一つだ。その税率を一気に十五パーセントも引き下げろとは、三万クレスの金額以上に途方《とほう》もない要求だ。

「そんな条件を、王家がのむと思うのか？」

冷めた口調でヒューが訊く。レジナルドは見せつけるように、棺《ひつぎ》の縁《ふち》に指を滑《すべ》らせている。

「わたしの持っているカードは、かなりいい手だぞ」

ラファルは、妖精商人や砂糖菓子職人を襲った一件ではない。彼は妖精王と名乗り、仲間の妖精を集め人間に対抗《たいこう》しようとしていた。あの時とめられなければ、彼が人間の村や町を襲いはじめたのは確実だ。そしてさらに勢力を拡大しただろう。王国は妖精たちの反乱の対処に苦《く》慮《りょ》したかもしれない。それを未然に防げたのは、ヒューとダウニング伯爵の功績だ。

しかし再びその危険な妖精王が野に放たれるとなれば、王家も無視はできない。

ヒューが、くっと悔《くや》しそうな顔をした。

「……わかった。だが要求が大きすぎる。俺では判断できない。ダウニング伯爵に打診《だしん》する時間が欲しい。その間、この妖精を動かされては困る。棺はこの場所で見張らせてもらう」

妖精たちの無償《むしょう》の貸し出しなどを、交渉できる状況《じょうきょう》ではない。ヒューはそう判断し、ラファルの件を最優先させることにしたらしい。

「かまわんぞ。もてなしはできんが、くつろげ」

レジナルドは芝居《しばい》がかった仕草で両手を広げた。


レジナルドと取り次ぎに出た老人は、教会の裏手にある教父控《ひか》え室に移動した。護衛役の男たちも、二人だけがその場に残り、あとはレジナルドとともに奥へ向かった。

蠟燭《ろうそく》の光に大きく揺《ゆ》らめく影《かげ》を見るだけで、めまいが起きそうだ。アンは気分が悪くなった。ラファルの姿を見てしまったことで、荒野《こうや》の城砦での記憶《きおく》が鮮明《せんめい》に蘇《よみがえ》ったことと、レジナルドのやりかたに怒《いか》りを感じるあまり、思考と気分がめちゃくちゃに乱れた。

しかし条件は誰も同じだ。自分だけが弱音は吐《は》けない。

──しっかりしろ。

難しい判断を迫《せま》られているヒューにくっついて、ここにいるだけでは情けない。

「サリム、シャル。二人はここに残って棺を見張れ。誰もあの棺に触《ふ》れさせるな」

ヒューの命令に、サリムとシャルが同時に頷《うなず》く。薄闇《うすやみ》の中でぼんやりと見えるサリムの表情も引き締《し》まっていたし、シャルの羽はぴんと張りつめ冷えた青銀色に淡《あわ》く輝《かがや》く。

「俺はこれから宿屋に戻《もど》り、ダウニング伯爵へ急ぎの信書を書く。ノーザンブローに伯爵を呼ぶ。キャット、キース、アンは宿屋で待て」

「待って、ヒュー。交渉はどうするの」

アンは声をあげた。するとヒューは眉根《まゆね》を寄せて押し黙《だま》った。

キャットは声を潜《ひそ》めながらも、せっつくように言う。

「あの野郎《やろう》は自分の商売をしたいために、てめぇを呼んだんだ。妖精の取引が終わっちまったら、あいつは姿をくらますぞ。交渉するつもりがあるなら、あいつが今ここにいる間になんとかしなかったら、もうチャンスはねぇ」

キャットの読みは、間違いないだろう。

レジナルドは、ラファルの件が片付けばうまく姿をくらましそうだ。彼がアンたちの前に姿を現したのは、彼のほうに用事があったからなのだ。もし彼が会おうと思わなければ、アンたちは会うことすら困難だっただろう。

これはアンたちにとっても、千載一遇《せんざいいちぐう》のチャンスなのかもしれない。

「わかってるさ。だが、そんな状況じゃない」

呻《うめ》くように答えたヒューに、アンは食い下がった。

「ヒューが、ラファルのことを最優先しなきゃいけないのはわかる。でも、わたしたちにできることはない？　あれば教えて」

「では俺のかわりに狼と交渉をするか？　アン」

言われると、顔から血の気が引くのがわかる。あんな男と交渉するのは怖《こわ》い。

「できるとすれば、今、誰かが俺のかわりに交渉することだ。それをおまえがやるか？」

先刻シャルは、一瞬《いっしゅん》我を忘れたように激怒《げきど》した。けれど彼は交渉を成立させる可能性を残すために、耐《た》えてくれた。彼の忍耐《にんたい》を無駄《むだ》にしたくない。

ここで交渉する機会を逃《のが》したら、次があるとは限らないのだ。

「……やります。ここに残って、彼と交渉します」

アンが答えると、シャルが眉《まゆ》をひそめる。

「危険だ。帰れ」

「帰らない。だって、わたしの仕事だもの」

シャルは眉間《みけん》のしわを深くした。だがヒューはその答えに満足したように頷き、命じた。

「俺の権限で自由にできる事なら、取引の条件に使っていい。へまをするなよ」

するとキースが軽く手をあげた。

「僕も残ります。交渉を、アンと二人で進めます。一人よりは、二人の方がいいでしょう」

「そうだな。頼《たの》む」

「ちょっとまて、てめぇら！　ガキ二人じゃ危なくてしようがねぇ。俺も」

焦《あせ》ったように言うキャットの肩《かた》を、ヒューはぽんと叩《たた》いた。

「キャット。おまえは、交渉だけは無理だ。おまえがいたら、まとまるものが壊《こわ》れる」

「なんだとっ!?」

意外にもキャットは頭が切れる。けれど他人との交渉ごとはへたそうだ。海千山千の商人と交渉したら、喧嘩《けんか》別《わか》れで終わるだろう。

「心配しないで、キャット。シャルもサリムさんもいるし。キースもいてくれるから」

言うと、キャットは複雑な表情をした。アンたちを心配しているのだろうか。彼はアンのことを弟子《でし》のように気にかけてくれている。その彼のために、アンは微笑《ほほえ》んでみせた。

それでようやくキャットも納得《なっとく》したらしい。

ここに残る連中にもしものことがあった時にと、ヒューは馬車と馬一頭を残してくれた。

ヒューはキャットと二人で一頭の馬にまたがり、三人の兵士に護衛されて教会を後にした。

彼らを見送った後、サリムとシャルが、左右から棺を守るように祭壇《さいだん》に座った。

すぐにでも教会奥にいるレジナルドのところに向かい、交渉に入るべきだった。けれどアンは気分の悪さがひどくなり、外の空気を吸いたくなった。

「外へ、出てくる。ちょっと空気を吸って、それから交渉をはじめるから」

キースに告げると、彼はアンの背を撫《な》でてくれる。

「一緒《いっしょ》に行くよ。気分が悪そうだ」

「平気……。一人で」

礼拝席の中心を貫《つらぬ》く通路を歩き始めると、シャルが立ち上がりアンの背後に追いついてきた。

「シャル？　大丈夫《だいじょうぶ》よ、わたし」

「一人は危ない。このあたりは野犬が出るらしい」

「それなら僕が」

キースが一歩踏《ふ》み出しかけたが、シャルがやんわりと制止する。

「駄目《だめ》だ。安全ならおまえが一緒に行くべきだが、外は危険だ。だからかわりに俺が行く」

アンは体をしゃんとさせるのが精一杯《せいいっぱい》で、彼らのやりとりの半分も耳に入っていなかった。


教会を出て行くアンとシャルの後ろ姿を見送って、キースはちくちくと胸が痛むのに気がついた。ため息をついて祭壇近くの礼拝席に座る。

サリムは腕《うで》組みして彼らの様子を観察していたが、表情一つ動かさないし、なにも言わない。

——シャルは、僕とアンが恋人《こいびと》になればいいと思ってくれてるみたいだ。

「安全ならおまえが一緒に行くべきだ」と答えた彼の言葉にも、そんな意図がくみ取れた。けれどシャルは、間違《まちが》いなくアンを愛している。それなのにそうやってキースがアンの恋人になるべきだと、なぜ言えるのだろうか。

——譲《ゆず》られるのは、惨《みじ》めだ。

アンの気持ちが、今はまだキースにないこともわかっている。そしてアンにとってはシャルの方が、キースよりもずっと身近で頼《たよ》りになる、信頼《しんらい》できる相手なのだということもわかっている。もしアンがシャルに寄せる信頼に、恋《こい》に近い感情が含《ふく》まれているとしたら、自分は彼らにとってやっかい者でしかない。

けれど心は変わっていくものだ。キースはアンの心を動かしたかった。自分の力で、アンに、キースが好きだと言ってもらいたい。

だからシャルが、アンをキースに譲るつもりで、アンに対して冷淡《れいたん》に振《ふ》る舞《ま》ったりしてほしくなかった。シャルは思いのままに振る舞えばいい。キースも思うままに振る舞う。

その上で、アンにはキースを選んでもらいたい。

そんなことを考え込んでいる自分に、苦笑《くしょう》して独りごちた。

「僕はどうしたんだ。こんな時に……」

目の前には、棺《ひつぎ》の中で眠《ねむ》る凶暴《きょうぼう》な妖精《ようせい》がいる。レジナルド・ストーはこの妖精を使って、国王から利権をむしり取ろうとしている。キースたちが希望していた交渉《こうしょう》など、はじまってもいない。こんな大変な状況《じょうきょう》のなか、アンのことばかり気にしている。

首を振ると、キースは気持ちを引き締めた。

――交渉をしなくてはいけない。この機会を逃したら、二度目は多分ないはずだ。

外へ出ると、アンは教会の敷地内《しきち》に立つ大きな樫《かし》の木の幹にもたれかかった。風が強く、ドレスの裾《すそ》レースがヒュルヒュルと暴れる。常に強い風にさらされているせいか、樫の木の枝はどれも、大きな手で撫でつけられたように南の方へ傾《かし》いでいた。

しかし今は、その強い風がありがたかった。風に吹《ふ》かれると、すがすがしい空気が全身に行きわたるようだった。

シャルは樫の木の幹をはさんでアンとは反対側に、背をもたせかけている。距離《きょり》は近いのに、彼の顔は見えない。風にあおられる彼の羽が、時折アンの手に触《ふ》れるだけだ。するりとした絹のような手触《てざわ》りの羽は、肌《はだ》に触れるだけでぞくっとするほど気持ちいい。

気分の悪さも、徐々《じょじょ》に良くなった。

「もう大丈夫。ありがとう、シャル。つきあってくれて。中に入る」

「もうすこし休め。焦るな。あの狼《おおかみ》と向き合うんだ。心を静めろ」

励《はげ》ますような言葉が嬉《うれ》しかった。

急な勾配《こうばい》で夜空を切り取る教会の屋根へ、ゆっくり目をやった。

風が強いので暗い夜のような気がしていたが、空は満天の星空だ。鋭《するど》い輝《かがや》きが、きらきらと散らばっている。光る砂粒《すなつぶ》を撒《ま》いたようだ。

しばらくの間ぼんやりと夜空を見ていた。するとそのうちふと、気がつく。輝く砂粒を背景にした教会の屋根の上に細い人影《ひとかげ》がある。

目をこらすと、その細い人影は屋根の端《はし》に座り足をぶらぶらさせている。そして風にあおられて、柔《やわ》らかそうな二枚の羽がふわりと宙に広がった。星明かりが透《す》ける羽が、幻《まぼろし》のように輝く。妖精だ。

「シャル⁉　シャル！　あれは、妖精？　見て」

急いで木の幹を回りこんで、シャルの袖《そで》を引っ張りながら教会の屋根を指さした。

シャルは幹から離《はな》れると、教会の屋根を見あげた。訝《いぶか》しげな顔になる。

「なにもいない」

もう一度教会の屋根を見あげると、そこにいたはずの人影が消えていた。アンが一瞬《いっしゅん》目を離したすきに、いなくなっている。

「あれ。おかしいな」

目の錯覚《さっかく》だろうか。色々なことがありすぎて、気持ちがざわついているのかもしれない。

「大丈夫か？」

言葉は素っ気なくて口調は冷たいが、彼の気遣《きづか》いはよくわかる。

「うん。大丈夫。それよりも、もう中へ入る。交渉をはじめる」

背筋をしゃんと伸《の》ばし、アンは教会へ向かった。

——しっかりしなけりゃ。

四章　アンと狼

アンが教会の中に戻《もど》ると、礼拝席に座っていたキースが立ちあがって迎《むか》えてくれた。アンの顔を見ると、安心したように微笑む。

「よかった。顔色が良くなってるね」

「うん。もう平気。待たせてごめんねキース。行こう」

歩き出した二人の背中にサリムが声をかける。

「お気をつけて」

ふり返ると、棺をはさんでサリムと反対側にいるシャルが素っ気なく告げる。

「なにかあれば、大声で呼べ」

彼らがいてくれることが心強い。アンは微笑んで軽く手をあげた。キースも頷《うなず》き、再び二人は歩き出した。

祭壇脇《さいだんわき》のアーチ型の出入り口を入ると、幅《はば》の狭《せま》いひやりとした廊下《ろうか》だ。真っ暗だったが、その先に、隙間《すきま》から明かりが漏《も》れる扉《とびら》が見える。レジナルドたちがいる部屋だ。扉まで進むと、キースがノックした。すぐに用心棒の男が扉を開けた。

「ストーさんにお話があるんです。入れて頂けませんか」

キースが告げると、用心棒は口をへの字に曲げて、意見を求めるように背後をふり返る。

「退屈《たいくつ》していたところだ。入れろ」

レジナルドの声がすると、用心棒は体をずらしてアンたちを室内へ入れた。

部屋の中には大きなテーブルがあり、レジナルドと老人が座っていた。

テーブルには二本の太い蠟燭《ろうそく》が灯《とも》り、何本かのワインの瓶《びん》と一緒《いっしょ》に並んでいる。乾燥《かんそう》させた木の実と果物が、端の欠けた陶器《とうき》の皿に盛られていた。

用心棒たちは、出入り口と窓際《まどぎわ》に分かれて立っている。入ってきたアンたちに、鋭い視線を注ぐ。

レジナルドの正面に座っていた老人が席を立ち、目顔でアンたちに、ここに座れと促《うなが》す。アンとキースが並んでレジナルドの正面に座ると、老人は静かに部屋を出ていった。

レジナルドは小さなナイフを手に持ち、それを軽くテーブルに投げつけては突《つ》き刺《さ》し、それを引き抜《ぬ》いてはまた突き刺すことを繰《く》り返している。ナイフに向けた目をあげようともしない。鈍《にぶ》く光る刃《やいば》を見つめる瞳《ひとみ》は暗い灰色なのに、闇夜《やみよ》の狼の瞳のようにわずかに光って見えるのは蠟燭の明かりのせいだろうか。

「銀砂糖子爵《ししゃく》にくっついていた、ガキどもだな。わたしに、なんの話かな？　わざわざのお越《こ》しだ。面白《おもしろ》い話を聞かせてくれるんだろうな」

威圧的《いあつ》な雰囲気《ふんいき》にひるみそうになった。こくりと唾《つば》を飲み、アンは口を開こうとした。だがその前に、キースがしゃんと姿勢を正して言った。

「僕はキース・パウエルです。砂糖菓子《がし》職人です。彼女はアン・ハルフォード。銀砂糖師です。銀砂糖子爵の代理として、あなたに依頼《いらい》があって来ました」

キースはアンに、すべてを任せきりにするつもりはないらしい。それどころか、自分がこの場をリードしなくてはならないというような気概《きがい》すら感じる。

「依頼？　そういえば銀砂糖子爵は、話を聞いてくれと言っていたかな……」

ナイフをもてあそびながら、レジナルドは興味なさそうに答える。

「先日、エドモンド二世陛下から王命が下されました。その命令により、砂糖菓子作りの技術に優《すぐ》れた妖精を育てるために、砂糖菓子工房《こうぼう》の各派閥《はばつ》で、妖精を見習いとして働かせる計画が進んでいます」

そこでキースはいったん言葉を切ったが、レジナルドはナイフをテーブルに突き刺しては抜くことを繰り返している。天板がささくれ立ち、木っ端《ぱ》が散っている。

注意を向けさせるように、キースはすこし声を大きくして続ける。

「子爵は、妖精市場で売られている妖精たちの中から見習いを選びたいとお考えです。そこで妖精たちの適性をみるために、売られている妖精を一ヶ月程度無償《むしょう》で貸してもらいたい。さらに適性のある妖精《ようせい》に関しては、割安で売ってもらいたい。その二点をお望みです。それを妖精商人のギルドで認めていただき、妖精商人全体に通達してもらいたいのです」

レジナルドはまだ、ナイフをテーブルに突き立てている。キースは眉《まゆ》をひそめた。

「ストーさん。聞いて頂けていますか?」

責めるような問いに苛立《いらだ》ったのか、レジナルドはがつんと深くナイフを突き刺す。

「聞いてたぞ。だが、どうして妖精商人が、砂糖菓子職人に協力する必要があるのだ?」

「どうしてと言われても、これは王命で始められたことですから」

「王命だ?」

ナイフを引き抜きレジナルドは顔をあげた。アンたちを、長い前髪《まえがみ》の間から透かし見る。

「わたしたち妖精商人は、あいにく耳が遠くて頭が悪い。王命なんてものは聞こえづらいし、理解できないのだよ。すまないな、お坊《ぼっ》ちゃん」

「それはどういう……」

「しかも交渉役《こうしょうやく》が、名もない一職人のお坊ちゃんか? せめてそちらの銀砂糖師に交渉させろ。銀砂糖師は、ただの職人よりも格が高い証《あかし》なんだろう? 正式な交渉の場で、格の高い方が話をしないのはこちらを侮《あなど》っているということだ」

「違《ちが》います。ただ彼女は女の子で、交渉の矢面《やおもて》に立つには……」

「いいの。ストーさんのいうとおりよ、キース」

かばおうとしてくれるキースを、アンは制した。顎《あご》を引き、レジナルドを正面に見つめる。

「わたしが話をする」

するとレジナルドが、にっと笑った。

「いい度胸だ。お嬢《じょう》さん」

言うと、ぱちりと指を鳴らした。すると用心棒の二人がさっとキースの両腕《りょううで》を引いて立たせ、彼を引きずるようにして出入り口の方へ向かった。

「ストーさん!?　これは!?」

焦《あせ》って暴れながらもキースは引きずられる。アンは半ば腰《こし》を浮《う》かすが、その肩《かた》にひやりとした大きなレジナルドの手が置かれる。いつのまにか彼は、アンの座る椅子《いす》の背後に来ていた。手にしたナイフの刃が、アンの首筋近くに見えた。

「交渉は、このお嬢さんと二人でする。おまえは外で待て」

「放せ!」

キースが、渾身《こんしん》の力で用心棒たちの腕を振《ふ》りほどき飛び退《の》いた。すると用心棒たちが身構え、彼に殴《なぐ》りかかりそうにする。

「乱暴しないで!」

アンが声をあげると、レジナルドは冷たく言い放つ。

「彼が暴れないなら、乱暴はせん」

「キース!　大丈夫《だいじょうぶ》よ!　だから、外で待ってて!」

「アン！　でも！」

「待ってて！　大丈夫！」

強いアンの声と表情を見て、キースは唇を噛んだ。そしてふと緊張を解いたようにため息をつくと、苦い顔で頷いた。用心棒たちも構えをとき、キースの両脇《りょうわき》に近づいていく。そして軽く彼の二の腕を取ると、促して歩かせる。

部屋の外にキースが連れ出され、用心棒たちも全員が外へ出た。

二本の蠟燭《ろうそく》が揺《ゆ》らめく室内に、アンとレジナルドだけが残された。肩に置かれたレジナルドの手の冷たさに、背筋がぞっとする。

「さて。交渉といくか？　お嬢さん。まず酌《しゃく》でもしてくれるか」

耳元で低い声が、冷たい吐息《といき》とともに囁《ささや》いた。囁かれれば、腰にくるようないい声だ。

身を強《こわ》ばらせたアンの反応を楽しむように、レジナルドはするりとアンの首筋に触《ふ》れた。手を離《はな》すと椅子を引き寄せ、アンの隣《となり》に座る。

――怖《こわ》い。

本物の狼《おおかみ》と一緒の部屋に放《ほう》りこまれたようで、体の芯《しん》が震《ふる》える。指先が緊張のために冷たい。

けれど旅の途中《とちゅう》で野獣《やじゅう》に遭遇《そうぐう》したときは、自分が怯《おび》えているのを悟《さと》られるのが一番まずいと、エマは教えてくれていた。しゃんとして、あんたなんか怖くないんだって見せつけるのよ、と。

――この人は、狼だ。

怯えてはいけない。

「お酌はしません。交渉に必要な事じゃないでしょう？」

「交渉にも色々あってな。女なら女なりの、交渉ってものもあるんだぞ。教えてやろうか」

大きな手に握《にぎ》られたナイフが、アンの耳をかすめて結んである髪《かみ》に触れる。ナイフの背で、なぶるように毛束をはじく。身震《みぶる》いしそうになるが、ぐっとこらえた。

「わたしは女になりかけだって、みんなが言いますから。女なりの交渉なんてできません」

突っぱねると、レジナルドはナイフを引っ込め、くっくっと笑った。

「なるほどな、確かになりかけだな。よくわかっているじゃないか」

「…………。どうも」

よくわかっていると言われたことを、喜ぶべきか落ちこむべきか。複雑だった。

アンは椅子の上で腰をずらし、レジナルドの方に体を向け正面から彼と対峙《たいじ》した。

「ストーさん。銀砂糖子爵からの二つの依頼を承知してもらいたいんです。だめですか？」

レジナルドはゆったりと椅子の背に体を預けると、足を組む。ナイフの柄《え》をくるくると回して、もてあそびはじめる。

「我々にはなんの得もない話だ。あの坊《ぼう》やは、王命だから従えと言わんばかりだったが。わたしたちは王命だろうがなんだろうが、自分たちの利益にならないのであれば従わない」

驚《おどろ》いたことに、王命に従わないと言い切った。

「従わないとそんなにはっきり言ってしまったら、反逆罪だと言われてもおかしくないですよ」

「ああ、あんたは子爵《ししゃく》の代理か。これは失礼した。王命を承知してもいいのだが、妖精商人ギルドは統率《とうそつ》が困難で、王命を実行できるとは限らない。これはどうしようもないことだ」

妖精商人たちは、利益にのみ忠実だ。彼らは権力や権威《けんい》に折れることがないのだ。しかもそのやり方がしたたかで、折れたと見せかけて、のらりくらりとうまくかわすのかもしれない。

灰色の狼は手強《てごわ》い。一筋縄《ひとすじなわ》ではいかない。ヒューがこの交渉に自分が必要だと言っていたことも頷《うなず》ける。けれどアンは彼の代理として交渉を任されたのだ。

ヒューがいない今、アンは自分の持っている武器で彼と戦わなくてはならない。

「妖精がいい職人になれば、今、わたしたちが作る砂糖菓子《がし》よりももっと美しい砂糖菓子を作れる可能性が生まれます。そうやって妖精たちが技術を磨《みが》いていけば、人間も一緒《いっしょ》に、もっと素晴《すば》らしい技術を得られるんです」

「それは結構だが。砂糖菓子職人の利益になるだけだ」

「砂糖菓子職人は、砂糖菓子を買ってくれる人のために作るんです。良い砂糖菓子を手に入れれば、大きな幸福が来る。妖精商人も良い砂糖菓子を手に入れれば、大きな幸福が訪《おとず》れる。それは妖精商人にとっても利益になるでしょう？　それに……」

妖精商人の利益。それを必死に考えながら、言葉を続ける。

「それに。そうだ。協力してくれれば、妖精たちが作る砂糖菓子を、妖精商人が優先的に手に入れられるようにすることだってできると思います。あとは……妖精たちが銀砂糖妖精として働き始めれば、各工房《こうぼう》だって、独自に妖精たちを準備しますから、妖精を買う工房が増えるし。妖精商人の商売にも繋《つな》がるはずです」

「砂糖菓子か」

レジナルドはナイフをもてあそんでいた手を止めると、ちらりとアンを見る。

「あんたは銀砂糖師だったな、お嬢さん。銀砂糖師は砂糖菓子職人の中で最も優《すぐ》れた職人の称《しょう》号《ごう》。大きな幸福を招く砂糖菓子を作ることができる。そうだな？」

「はい。そう信じています」

無力な自分が唯一《ゆいいつ》つかめる精一杯《せいいっぱい》の力が、美しい砂糖菓子を作り、その砂糖菓子が幸運を招くことを信ずることだ。

「あんたたち職人がそうやって信じてるものを、わたしにも作ってみせろ」

「え……」

「作れないか？」

「いえ。銀砂糖がありますから作れます。でもどうして」

「あんたたちが信じているものが、わたしたち妖精商人が協力に値《あたい》するものかを見たい」

——どういう意味？

良いものを作ってみせれば、協力してやるとでもいうのだろうか。真意は測りかねたが、彼が砂糖菓子に興味を示すのは悪い兆候ではない。

ちょうどいいことに、教会の前庭に馬車が残してある。馬車の脇《わき》には銀砂糖の樽《たる》がくくりつけられていたし、道具類もまだ積み込んだままだ。

「今ここで作りますか？」

「そうだ」

「じゃあ、準備します」

アンはすぐに立ちあがり、部屋を出た。

扉《とびら》を開けると、キースが扉の脇に蒼白《そうはく》な顔で立っていた。用心棒たちも廊下《ろうか》にいる。

「アン！ なにもされなかった？」

「うん。平気。それよりも砂糖菓子を作れって言われたから、銀砂糖の樽と冷水と道具がいるの。運ぶの手伝ってもらえる？」

銀砂糖の樽と冷水、細工の道具をレジナルドのいる部屋に運びこむと、テーブルの上に石の板を載《の》せる。種類は少ないが、色粉もあったのでそれらをテーブルに置く。

石の器《うつわ》でくみあげた銀砂糖を石の板に広げ、冷水を加える。練りはじめると、その手つきをレジナルドは無表情に見つめている。素早《すばや》くなめらかに、手を冷やしながら練る。

「何がほしいですか？ お好きなものを作ります。ストーさんの好きなものは、なんですか」

訊《き》くと、レジナルドは言い切った。

「金だ」

「それはちょっと……他《ほか》には？」

「ない。金だ」

「じゃ、わたしが勝手に作ります」

「それでいい」

アンはため息をついて、練りに集中する。金貨や銀貨を砂糖菓子で作ったところで、綺麗《きれい》でも素敵《すてき》でもない。レジナルドはとことん、商売以外に興味がないのかもしれない。

——あ、でも。お金以外にもこの人は、もっと気にしてたものがある。

レジナルドはシャルに興味を示したし、ラファルを連れ帰っている。お金や利益と直結している妖精《ようせい》には興味がある。それはあくまで商品としてかもしれなかったが、それでも興味があることに変わりない。

「ストーさん。妖精は好きですか」

「商品としては、価値がある。が、嫌《きら》いだ」

「どうして嫌うんですか？　人間とは別の種族だからですか？」

レジナルドは、凄《すご》みのある笑顔《えがお》で答えた。

「おしえてやろう、お嬢《じょう》さん。わたしがはじめて妖精を売ったのは、わたしが幼い頃《ころ》からわたしの面倒《めんどう》を見ていた、妖精の女だ。売ったとき、哀《あわ》れな顔をしたぞ」

冷酷《れいこく》な言葉に、嫌《いや》な気分になる。黙《だま》っていられなかった。

「ひどいことをしたとは思わないんですか？」

「思わんな。なにしろあの妖精は、わたしからなけなしの金を奪《うば》って、逃《に》げだそうとしたんだ。わたしはまだ十三歳だった。あの金を持ち逃げされたら、確実にのたれ死んでいただろうな。奴《やつ》らは人間と同様に、罪のない奴もいるだろうが、罪深い者もいる。わたしは妖精だけが嫌いなわけではない。妖精も人間も、大嫌《だいきら》いだ。しかしわたしは、わたしを裏切った妖精には感謝もしている。それをきっかけに、妖精を売る商売に入り込めた」

アンは俯《うつむ》いてしまった。人間でも妖精でも、いい人も悪い人もいる。当然のことなのだが、悪意が絡《から》み合うようなレジナルドの言葉は聞くのがつらい。

「そうだな。幸運という意味では、その妖精が幸運のはじまりだ。その妖精を作れ」

そんなものは歪《ゆが》んだ幸運の象徴《しょうちょう》だ。けれど本人がやっと口にした希望だ。

レジナルドは、アンたち砂糖菓子職人が信じるものが、妖精商人の協力に値するものか見たいと言った。アンの作る砂糖菓子を彼がすこしでも気に入れば、協力が得られるのかもしれない。手は抜《ぬ》けない。

職人たちが信じているものが、この程度のものなのかと笑われるのだけは嫌だ。

これが自分の信念なのだと、執拗《しつよう》に練る。

部屋は薄暗《うすぐら》いし、作業台の高さは身の丈《たけ》に合わないし、銀砂糖に混ぜる水もすこしぬるい。

さらに今年の銀砂糖は、ただでさえ質が良くない。

この悪条件の中で、アンは銀砂糖の練りをいつも以上に繰《く》り返すことで砂糖菓子の艶《つや》を出そうと試みた。練っていると腰《こし》と肩《かた》のつけ根が痛くなる。

延々と練りの作業を続けた。

レジナルドは黙って見ている。見ていて面白《おもしろ》いものではないだろうに、早くしろとも言わない。時折、指先でナイフの刃《は》を撫《な》でてもてあそぶだけだ。暗闇《くらやみ》に伏《ふ》せて獲物《えもの》を狙《ねら》う猛獣《もうじゅう》は、こんなふうに辛抱強《しんぼうづよ》いのかも知れない。そしてその獲物を待つ時間さえも、楽しむものなのだろうか。そんなことを考えると、レジナルドの存在がたまらなく恐《おそ》ろしくなる。

銀砂糖に思うような艶が出たのは、かなり夜が深くなった頃だった。

扉の外ではおそらく、キースが心配して待っていることだろう。けれど作業は、やっと準備を終えた段階だ。細工をするための道具類には、手さえつけていない。

アンは銀砂糖を小分けにしながら、しばらくぶりに口を開いた。

「羽の色は、覚えてますか？」

「淡《あわ》いピンク色だった気がするな」

「わかりました」

練りあがった銀砂糖に赤の色粉を少し混ぜ、淡いピンクに練る。真っ白な銀砂糖とあわせて、薄《うす》いピンクから白へと変化するグラデーションにした。それを、透《す》けるほどに薄くする。薄い銀砂糖はするりとした絹の手触《てざわ》りだ。それを切り出しナイフで、羽の形に作り出す。

「髪《かみ》の色は？　巻き毛でしたか？　それともまっすぐ？　長かったですか？」

「色は羽と似た色だ。まっすぐな長い髪だ。いつも二つに結んでいた」

——髪の毛なら。

練りあがった銀砂糖の塊《かたまり》を手に取ると、それを両手で引き伸ばし二つに折る。それを繰り返し、なめらかに細い筋が幾重《いくえ》にも重なるようにした。それから道具入れの中から、はずみ車を取り出した。さらに色粉と一緒《いっしょ》に並べてある、油の瓶《びん》の蓋《ふた》を開ける。砂糖林檎《りんご》の種から取った油で、無味無臭《むみむしゅう》で透明《とうめい》だ。その油に右手の親指と人差し指を軽く浸《ひた》す。

それから銀砂糖の塊の端《はし》を、こよりを縒《よ》るような要領で引き出した。はずみ車にまきつける。銀砂糖の塊を握《にぎ》り、銀砂糖の糸ではずみ車を吊《つる》すと、右手で軽くはずみ車を回転させた。回転にあわせて、アンの指からはスルスルと銀砂糖の糸が紡《つむ》ぎ出され、はずみ車に巻きついていく。思いを紡ぎ出す銀砂糖の糸だ。

淡いピンクの銀砂糖の糸ができあがると、それを束にして切りそろえる。髪にするつもりだった。妖精の髪の毛を針で埋《う》め込む。慎重《しんちょう》に息を詰《つ》め細工する。

「目の色は何色でしたか？」

「目？」

レジナルドは眉根《まゆね》を寄せた。

「思い出せんな」

「ほかに覚えていることはないですか？　雰囲気《ふんいき》とか、服装とか。表情とか」

「ない。顔もぼんやりしていて思い出せない。適当でいいぞ」

「適当なんて無理です」

「一番楽だろう」

「適当になんて、作れないんです。だったら」

ちょっと考えてから、アンは答えた。

「……それにふさわしくします」

一つ一つの髪の筋や、羽の流れ。手足の細さや、首の細さ。バランスを壊《こわ》さないように、隅々《すみずみ》まで端麗《たんれい》に。

流れる髪の筋を針で整え終えると、アンは額の汗《あせ》をぬぐった。

レジナルドが口にした妖精の特徴《とくちょう》は、淡いピンク色の色彩《しきさい》を持つ妖精というだけだった。顔すらわからないらしいが、その柔《やわ》らかな色彩から顔や雰囲気を想像した。

妖精たちの持つ色彩は、彼らの性質や性格を表していることが多い。

深い黒の色彩のシャルは、強くて艶やかで美しく、危険。

銀と青のミスリルは、明るくてすがすがしい。

色を変えるラファルは、底が知れず、怪《あや》しげだった。

淡いピンク色の妖精が持つ性質を想像する。その色彩は、子供から金を盗《ぬす》もうとした卑劣《ひれつ》な妖精とは結びつかない。

レジナルドの話から聞き出した印象をもとに、仕上げをするべきか。

それともその色彩から自分が感じた印象をもとに、仕上げをするべきか。

迷った。手にある淡い色彩を見おろして、問いかける。

——どちらにするべき？

掌《てのひら》を通して、色が囁《ささや》く声に耳を傾《かたむ》ける。


——あの狼《おおかみ》がアンになにかをするつもりならば、交渉《こうしょう》がどうなろうが生かしておかない。

シャルは暗い奥の出入り口へ視線を向けた。

アンとキースが、馬車から銀砂糖の樽《たる》を降ろし、井戸《いど》から冷水をくみあげて奥へ向かってから、かなりの時間がたった。

アンはレジナルドと二人だけで部屋に入り、砂糖菓子《がし》を作ることを要求されているという。キースには、扉《とびら》の外でしっかりと物音を聞いていろと念を押した。キースも緊張《きんちょう》した顔で頷《うなず》き、なにかあればすぐにシャルを呼ぶと請《う》け合ってくれた。

アンがいる奥の気配を気にしながら、レジナルドが残していった用心棒二人にも目を配った。彼らはシャルとサリムから目を離《はな》さない。シャルたちがラファルを傷つけないように見張っているのだろう。

しかしこの状況《じょうきょう》では、ラファルが殺されてしまっては、レジナルドは大切な取引のカードを失うのだ。ラファルを殺してレジナルドを怒《おこ》らせれば、妖精《ようせい》商人の協力は得られない。

虫ずが走るほど、妖精商人は嫌《きら》いだ。彼らに売り買いされていたとき、様々な屈辱《くつじょく》を味わった。殺してやりたいと、いつも思っていた。

アンの願いでなければ、シャルはさっきレジナルドを斬《き》っていた。けれどアンが、妖精のためにと必死に声を振《ふ》り絞《しぼ》ってくれた。怒《いか》りに我を忘れかけた自分を、正気に戻《もど》してくれた。冷静になると、彼女の制止がありがたかった。

ラファルは眠《ねむ》り続けている。蠟燭《ろうそく》の炎《ほのお》が作る揺《ゆ》れる影《かげ》のせいで、時折、彼の表情が動いたような気がする。けれど実際は、睫《まつげ》一本動かない。

妖精が死ぬのは、寿命《じゅみょう》や病や飢《う》えで力が弱まり形を保つ力がなくなった時。あるいは強い物理的な衝撃《しょうげき》で形が砕《くだ》けてしまう時、いずれかだ。

城壁《じょうへき》の上から墜落《ついらく》すれば、衝撃で体がもたないだろうと予想はしていた。

妖精の持つエネルギーの強さにもよるが、もともと弱い性質の者であれば、落ちた瞬間《しゅんかん》の衝撃で散って消える。ラファルのように貴石から生まれた妖精なら、強いエネルギーを持っていても不思議はない。しかしそれでも、形を保つ力が衝撃で揺らぎ、数分から数時間のうちに体はばらばらに散ってしまうはずだった。

それがこうして形を保っている。なにかが、彼の形をつなぎとめる役目をしたに違《ちが》いない。

そうしてかろうじて形を保つことはできたが、それが限界で、一切《いっさい》の活動ができなくなった状態なのだろう。

――あの時、おまえを確実に殺してやれば良かった。

眠るラファルに、心の中で話しかけた。

誇《ほこ》り高い彼が、生きているとも死んでいるとも言えないこんな姿になって、人間の手に命を握られ、道具として扱《あつか》われることが哀《あわ》れでならなかった。

やっかいで面倒《めんどう》で、危険な妖精ではあるが、それはやはり兄弟石だと思えばこそかもしれない。

――兄弟石。

ふと、もう一つの兄弟石のことを思い出す。

荒野《こうや》の城砦《じょうさい》には、ラファルが持っているはずの兄弟石の一つ、ダイヤモンドがなかった。大切なその石を、ラファルが肌身《はだみ》離さず持っていたとしてもおかしくない。彼の体のどこかに、ダイヤモンドが隠《かく》されているかもしれない。

その可能性に思い至り、シャルは祭壇《さいだん》に膝《ひざ》を載《の》せ棺《ひつぎ》を覗《のぞ》き込んだ。

用心棒たちが動いた。剣《けん》を抜《ぬ》き、シャルの背にぴたりと切っ先をあてる。

「なにをしているんだ」

棺をはさんで反対側にいたサリムも身構えるが、シャルは目顔でサリムを制して、背中ごしに用心棒に告げた。

「調べるだけだ。こいつは、宝石を持っているはずだ」

宝石と聞き、二人の用心棒は顔を見合わせた。

「本当なのか？」

「あればストーさんへ渡《わた》すんだぞ」

見つかったとしても渡す気はなかったが、頷いておいた。もし仮に兄弟石が見つかっても、うまく誤魔化《ごまか》してしまえばいい。

眠るラファルの上衣《うわぎ》の内側を探《さぐ》りはじめた。冷え切った彼の体のあらゆる場所を探る。ポケット、襟《えり》の裏、袖口《そでぐち》。どこにもそれらしいものはなく、諦《あきら》めかけたときだった。上衣の裏ボタンに手が触《ふ》れた。その手触りに違和感《いわかん》を覚えた。

上衣をめくると、規則正しく裏ボタンが並んでいる。貴族たちが好む凝《こ》った衣装には、こういった裏ボタンがついていることがある。表の飾《かざ》りボタンを留めるために、上衣の裏地に金具が突《つ》き出している。その突き出した金具の先に金の環《わ》をつけて先端《せんたん》を保護し、ボタンのように見せる。それが裏ボタンだ。その裏ボタンにも凝ったあしらいをするのが粋《いき》なのだという。

裏ボタンには、表ボタンによく似た石とビーズで細工された飾りがはめこまれていた。しかし一つだけ、上から二番目のボタンの色味が違う。透明《とうめい》な輝《かがや》きで目を射る。

用心棒たちは剣を納め、嬉《うれ》しそうな顔になる。サリムも目を見開く。

上から二番目の、裏ボタンの金の環にはめこまれているのは、精緻《せいち》なカットを施《ほどこ》された楕円《だえん》形のダイヤモンドだった。

間違《まちが》いなかった。シャルの遠い記憶《きおく》の中にあるダイヤモンドと同じ形、同じ輝きの石だ。

この位置にダイヤモンドを隠していたラファルの意図がわかる。彼は兄弟石から妖精が生まれることを望み、肌身離さずにいた。そしてことあるごとに上衣を開いては、これを眺《なが》めていたのだろう。

ダイヤモンドをあしらった裏ボタンの金具を、表ボタンから外した。金の金具にはめこまれたダイヤモンドを掌に載せた。ころりと転がす。

その途端《とたん》、悪寒《おかん》が背筋を駆《か》け抜けた。

ダイヤモンドにはよく見ると、中心部に小さな白い濁《にご》りがある。ただ、それだけだ。なにも感じない。確かラファルは、ダイヤモンドの時は満ちていると言っていた。けれどこのダイヤモンドの中に、妖精が生まれるエネルギーは感じない。空っぽだ。これは抜け殻《がら》だ。

――まさか、生まれたのか!?　もう一人が!

用心棒たちは、呆然《ぼうぜん》とするシャルの手からダイヤモンドを取りあげた。

「これはストーさんへ渡すぞ」

抜け殻など、どうなろうがかまわなかった。それよりも、そこから生まれた者の方が重要だ。

――生まれて、どこへ行った？

空の掌をシャルは握《にぎ》りしめた。


明るく淡《あわ》い色彩《しきさい》は、アンに優《やさ》しさを伝えてくる。それ以外のものにはなり得ないと、囁いてくる。

――色を信じよう。

レジナルドの言葉よりも、色の持つ感情を信じようと決めた。

妖精の形を整えていく。

横座りした膝の丸さと、つま先のほっそりした爪《つめ》。羽の先に行くほど色が淡くなる薄《うす》ピンクの羽は透《す》けるほどに薄くして、背から腰《こし》に沿うように流れ、ふわりと床《ゆか》に広がる。髪《かみ》の毛はルルに教わった銀砂糖の糸で作りあげた。細さと艶《つや》が美しく、それぞれに遊ぶ毛先が愛らしい。

顔は、目鼻の凹凸《おうとつ》だけを作り、白くなめらかなままにした。彼の記憶の彼方《かなた》にある顔と、似ても似つかないものを作るのは嫌《いや》だったので、あえてそうした。

やわらかで、優しい妖精の砂糖菓子だ。アンの信じるものの形がこれだ。

「できました」

レジナルドが座るテーブルの前に、その小さな妖精をそっと置いた。

閉じられた部屋の窓の隙間《すきま》から、薄紫《うすむらさき》の夜明け前の空がわずかに見える。一晩中、アンは銀砂糖を練り、形にしていたらしい。悪条件で思うように作業がはかどらなかったのが原因だ。時間がかかりすぎたことに驚《おどろ》いたが、もっと驚いたのはレジナルドの辛抱強《しんぼうづよ》さだ。彼は黙《だま》って、アンの作業を見ていたのだ。

レジナルドは、目の前に置かれた優しげな砂糖菓子《がし》を眺めている。だが彼の表情には、喜びも不快感も、感情らしい感情が一切ない。石ころを見つめるような目だ。

「なるほど。確かに美しい」

しばらくたって、レジナルドは残忍《ざんにん》な笑《え》みを浮《う》かべた。

「砂糖菓子の招く幸福か。こんな砂糖の塊《かたまり》に、祈《いの》りをこめると。そんな不確かなものにすがっていられる奴《やつ》は、気楽だ。これをそんなにありがたがる奴らの気が知れん」

テーブルの上に突き刺《さ》してあったナイフを手に取ると、馬鹿《ばか》にするようにその刃先《はさき》で砂糖菓子の妖精の膝を軽くつついた。神聖な砂糖菓子をおとしめる言葉に、かっとなる。

道楽や遊び半分で、職人たちは砂糖菓子をつくっているわけではないのだ。

「美しい砂糖菓子がどれほどの幸運を招くか、知らないわけではないでしょう!?」

「知らんな。わたしは一度も、砂糖菓子を手に入れたことはない」

突然《とつぜん》レジナルドはナイフをテーブルに突き立てると、アンの両手首をぐいとひっぱり、噛《か》みつくかと思うほど近くに顔を寄せた。

「わたしの父はチェンバー家の家臣だった。十五年前の内乱でチェンバー家が負けた後、わたしの一家はミルズランド家に捕《と》らえられ、父母は処刑《しょけい》された。残されたのはわたしと、年老いて足腰《あしこし》も弱ってろくに立てない祖母だけだった。その二人からミルズランド家は財産をはぎ取って、裸《はだか》同然にしてこのノーザンブロー近くの荒野に放《ほう》り出した。わたしと祖母に残されたのは、身の丈《たけ》に合わない古着と、とろくて役に立たなかった、わたしの子守《こもり》役の労働妖精《ようせい》の女一人だ」

底光りする灰色の瞳《ひとみ》でアンを捉《とら》え、かすれた声で囁《ささや》く。

「砂糖菓子の幸運？　そんなものがなにかを変えてくれるのを待てるほど、余裕《よゆう》はない。砂糖菓子が手に入れば、今、目の前で震《ふる》えてうずくまる祖母を立たせることができるのか？　このままでは凍え死ぬと怒鳴《どな》ってもなだめても、一歩も動けない老女をなんとかしてくれるのか？　結局なんとかできるのは自分だけで、自分の力と手に入れた金がすべてだ。生きるためには、しがみついた馬の背から振《ふ》り落とされないようにするのが精一杯《せいいっぱい》だ。そんな現実があるのに、目の前の砂糖菓子が幸運を運んでくれるのを待てるか、お嬢《じょう》さん」

凶暴《きょうぼう》な威圧感《いあつかん》に圧倒《あっとう》されながら、アンは重い空気を飲んだように苦しくなる。

世の中には苦しいことも、つらいことも、多すぎる。よくわかっている。

「気楽なんかじゃ、ありません。ストーさんの言うこと、よくわかります」

息苦しさにあえぐように答えた。摑《つか》まれている手首が痛い。

「弱くて、お金もないママやわたしが、王国中を旅するのは楽じゃなかった。散々ひどい目にあったときなんか、気持ちも体もへとへとでした。でもがむしゃらにやらなきゃ、のたれ死んでしまう。なにかを当てにして、待ってなんかいられなかった。あなたと同じでした」

「それがわかっているのに、砂糖菓子の幸運なんぞが必要だというのか？」

「必要でした。毎日ががむしゃらな分だけ」

レジナルドの灰色の瞳を見返す。

「毎日へとへとになって生きて。でもそれだけじゃ気持ちがすり切れてしまって、どうしようもないんです。だから希望が必要でした。砂糖菓子が幸福を運んできてくれるって信じて、祈って、待っていることで希望ができた。わたしの気持ちがすり切れて血を流す前に、わたしの心を守ってくれた」

「希望？　希望を持って祈ればどうにかなるか？　砂糖菓子は運命を変える特効薬か？　それならこの世に不幸な連中はいなくなるぞ」

「特効薬だなんて言えません。砂糖菓子が運んでくれる幸運がどんなものかは、目に見えないから。でも幸運がやって来たときに、こんなことはありえないとか、奇跡《きせき》だと思って。それで自分の手にある砂糖菓子の存在に気がつくものなんです。そうやって祈ってあがいていたら、わたしはどうにかなりました。砂糖菓子の幸運が、味方してくれたって思えることもいっぱいあって、感謝しました。だから信じてます。自分の精一杯の力だと思うから、信じてます」

レジナルドは突《つ》き放すようにアンの手首を離《はな》した。

「自分を信じることは、悪くないぞ。わたしも自分を信じる。こんな砂糖の塊が運んでくるものなんぞ、当てにせん。こんなもののできが良くなろうが、悪くなろうが、知ったことじゃない。我々の商売は順調だ。砂糖菓子職人どもがこぞって妖精を買ったところで、多少売り上げが上がるだけだ。あんたたちの依頼《いらい》は、承諾《しょうだく》する価値がない。しかしまあ、珍《めずら》しい曲芸をみせてもらった。その程度だな。これがお嬢さんの仕事に対する、わたしの答えだ」

アンは唇《くちびる》を噛んだ。結局彼は、砂糖菓子の幸運など必要としていないし、砂糖菓子の技術や妖精がどうなろうが、知ったことではないのだ。アンに砂糖菓子を作らせたのもただの退屈《たいくつ》しのぎで、懸命《けんめい》なアンを馬鹿にしてからかうつもりだったのだ。

さすが、狼《おおかみ》だ。アンのような小娘《こむすめ》をからかうのにも、時間をかけてなぶる。こうやって一晩、すべてを出し尽《つ》くさせてから拒絶《きょぜつ》する。力を出し切った分だけ、疲労《ひろう》とあきらめは強くなる。

——仕方がない。

握られていた手首がひりひりする。レジナルドはアンをからかうために砂糖菓子を作らせた。だが、彼が口にした経験や考えは本物だろう。苦しい経験があれば、希望を持つことや幸運を祈ることすら忘れても当然なのかもしれない。そして彼の心はすり切れてしまったのだろう。

――けれどわたしは、信じたい。

信じているからこそ、思いをこめて作っているのだ。

ひりつく手首を撫《な》でる。レジナルドの思惑《おもわく》は成功で、アンは体の芯《しん》から気力が引っこ抜《ぬ》かれたような感じがする。けれど、これで負けてはいられないのだ。気力を振《ふ》り絞《しぼ》って口を開く。

「妖精商人ギルドは、銀砂糖子爵《ししやく》の依頼にこたえてくれないということですね？」

「そうだ」

彼の言葉は揺《ゆ》るぎない。アンのような小娘がなにを言っても、どんな条件をちらつかせても、凍《こお》りついた狼の心臓が熱く鼓動《こどう》することはないだろう。

凶暴とも言える強さを宿す灰色の瞳を見つめると、胸が痛む。

昨晩からレジナルドは、ずっとナイフをいじっていた。その仕草が、彼の信念を如実《にょじつ》に物語っている。信じられるのは、自分の手で制御《せいぎょ》でき、はっきりとした形があり、強さがあるもの。お金や、商品。力。自分の手で形を確かめることができるそれらのものしか必要ないと言い切り、しっかりと目に見えないからと、幸運すらも拒否《きょひ》する。

形のないものを拒否するのは、情けや愛や、そんなものも同じように拒否していることだ。

レジナルドが信じているのは、淡く優しい砂糖菓子ではなく、固く冷たい刃《やいば》だ。

「わかりました。今日のところは。でも、その砂糖菓子は差しあげます。持っていてください」

アンは静かに、しかし挑《いど》むように告げた。

「わたしは砂糖菓子の幸運など、あてにするつもりはない」

「あてにしなくてもいいから、持っていてください。目に見える確かな形じゃなくても、あてにしていないような幸運が来ますから、きっと」

レジナルドは再び歯をむき出して笑った。

「わたしがその幸運に感謝するとでも思うか？」

「感謝しなくてもいいです。砂糖菓子を手にしたことがないんでしょう？　それを最初の砂糖菓子にしてください。そして砂糖菓子の運ぶ幸運がどんなものか、わかってくれればいいです」

アンは道具類を手際《てぎわ》よく片付けて胸に抱《かか》えた。一礼して、彼に背を向ける。部屋を出る。

キースは扉《とびら》の脇《わき》にまんじりともせず座りこんでいたようで、アンの姿を見るとぱっと立ちあがった。

「アン。どうだったの？」

真っ暗だった廊下《ろうか》も、既《すで》に薄明《うすあか》るくなっていた。力なく、アンは首を振った。

「……失敗しちゃった」

それを聞くとキースは、いたわるように背を撫でてくれた。

「君はがんばったよ」

その言葉もつらかった。結果を出せなければ、意味がない時だってあるのだ。

廊下に控《ひか》えていた用心棒たちが、キースとアンの横をすり抜けて部屋の中に戻《もど》っていく。最後の一人が扉を閉める瞬間《しゅんかん》、アンたちに向かってにっと笑う。

「ご苦労さん。あの人の退屈しのぎには、もってこいだったろうぜ」

扉が閉まると、アンは肩《かた》を落とした。狼との交渉《こうしょう》は惨敗《ざんぱい》だった。

キースとともに礼拝堂に帰った。

シャルとサリムは一晩中そうしていたらしく、祭壇《さいだん》に腰《こし》を預けて、ラファルの棺《ひつぎ》を守っている。祭壇に並べられた蠟燭《ろうそく》は燃え尽きて、溶《と》けた蠟が燭台《しょくだい》や祭壇に流れていた。

ぼんやりと薄明るい光が礼拝堂の中を照らし、蜘蛛《くも》の巣や埃《ほこり》が白く光って見えた。徹夜《てつや》した目には、それらすらまぶしかった。

アンはシャルの前に俯《うつむ》いて立った。シャルが怒《いか》りを我慢《がまん》してくれたのは、交渉を成功させるためだったのだ。それなのに、自分は失敗した。

「シャル。わたし、失敗した。ごめんね」

「これで止《や》めるつもりなら、謝れ」

「え？」

顔をあげる。シャルは腕組《うでぐ》みしたまま、淡々《たんたん》と告げた。

「一度で諦《あきら》めるつもりなら、謝れ。謝るのは諦めた時だ」

言われて気がつく。交渉をたった一度で諦める必要はないのだ。不慣れなアンは、失敗に意《い》気消沈《きしょうちん》して、そんなことすら忘れていた。アンは慌《あわ》てて首を振った。

「取り消す。謝らない。わたしは、まだ続けるから」

シャルの口元が、ふとゆるんだ。

「坊《ぼう》やと一緒《いっしょ》に馬車の中で休め。寝不足《ねぶそく》で頭も働かないはずだ。特に、おまえのかかし頭はな」

相変わらず小馬鹿《こばか》にしたように言うのだが、冷淡《れいたん》にされるよりはずっと嬉《うれ》しい。

「うん」

頷《うなず》いて改めてシャルの姿を見て、気になった。夜明けの薄青《うすあお》い光のせいかもしれないが、シャルの羽の色が硬質《こうしつ》な銀色で、しかもぴんと張りつめている。なにかに緊張《きんちょう》しているようだ。

「シャル、なにかあったの？」

「気にするな。今は騒《さわ》いだところで、どうにもならないことだ」

「どういうこと？　なにか気がついたことでもあるの？」

「落ち着いたら話す。外へ行け」

追い立てるように軽く背を押されたので、それに従った。けれどシャルの言葉が気になった。

彼はいったい、なにに気がついたのだろうか。

　ダウニング伯爵《はくしゃく》が州公を務めるシャーメイ州の州都はウェストルで、ルイストンまでは南の方角に三日の距離《きょり》がある。逆にノーザンブローへは、北の方角に半日馬車を走らせれば到着《とうちゃく》できる。馬ならばもっと早いだろう。

　ダウニング伯爵がウェストルにいれば、明け方にはヒューの書いた手紙がダウニング伯爵の手に渡《わた》る。そしてそれを読んだあの老臣は驚《おどろ》き、危機感を覚え、護衛の兵士たちを引き連れ自ら馬を駆《か》りノーザンブローへ走るはずだ。到着は、早ければ昼だ。

　用心棒たちは時々交代していたが、シャルとサリムはずっと同じ場所でラファルの棺を守っていた。夜通し棺を見張り続け、さらに日が高くなっても注意力が落ちない二人のタフさに、用心棒たちは驚いていた。

「シャル。食事を取れ。馬車に保存食があったはずだ。その次に俺が交代して食事に行く」

　昼近くになり、サリムが声をかけてきた。

　二人は昨夜夕食をとってから、水分すらとっていなかった。妖精《ようせい》は人間よりも食べる量や水の量は少なくてすむのだが、それでも多少は空腹を感じる。馬車で休んでいるはずのアンの様子も気になった。食事のついでに、彼女の様子も確認《かくにん》したかった。

「先に行く。すぐに帰る」

　腰を上げたシャルに、サリムはついでのように訊《き》いた。

「シャル。あのダイヤモンドはなんだ？　おまえがあれほど驚いた顔をしていた理由は？」

「機会があれば話す」

説明するのは面倒《めんどう》だった。素っ気なく答えると、サリムはしばらく黙《だま》っていたが頷いた。

「話す気がないなら、別にいい」

空気がよどむ教会から出ると、息が楽になる。あの場所は息が詰《つ》まる。

アンたちが中で休んでいる馬車は、教会の前庭の端《はし》に寄せてある。馬は馬車から外してつながれているし、馬車の車輪にも輪留めがかかり安定している。静かなものだ。馬車の屋根の上で、木立が葉を鳴らしていた。

見あげると空は、春らしいやわらかな青色だ。薄《うす》い雲がたなびいている。

夜通し見張りに立っているのは、さすがに疲《つか》れた。しばらくぼんやりと、空を見あげていた。

すると背後から、石を踏《ふ》む足音が聞こえた。サリムだ。足の運びが、猫《ねこ》科の獣《けもの》のように慎重《しんちょう》なのですぐにわかる。背中越《ご》しに訊いた。

「なにかあったか？」

と、突然《とつぜん》だった。背後で殺気が膨《ふく》れあがる。咄嗟《とっさ》にシャルは体をひねり、横に飛んだ。銀色の刃が、肩をかすめた。さらに身を低くして横に飛び退《の》き、地面に左手をつき、相手を正面に見る。

殺気をまとって剣《けん》を構えているのはサリムだ。

「サリム……？」

無表情ながら、その目にははっきりとした殺意がある。そして彼の発する殺気が、ルイストンやウェルノーム街道《かいどう》で遭遇《そうぐう》しシャルを襲《おそ》ったものと同様だと悟《さと》る。

ウェルノーム街道で襲撃《しゅうげき》されたとき、おかしいと思った。自分たち以外、あの場所には誰《だれ》も近づいた気配がなかった。なのに襲撃者は突然現れた。

サリムが襲撃者だったのであれば、あの場所に現れて当然だ。彼は突然殺気を放ち、無理だと悟ると殺気を消す。

普通《ふつう》の人間は、そんなことはできない。殺意があれば、どんな状況《じょうきょう》でも無意識に殺気立っている。シャルがそんな相手と一緒にいて、わからないわけはない。だがサリムは、猫が自由に爪《つめ》を立てるように、突然殺気を放ち、そして消す。彼が身につけた特殊《とくしゅ》な能力なのだろう。

「なんのつもりだ」

「子爵《ししゃく》が帰ってくる前に、おまえを殺しておく」

感情の揺《ゆ》れなど微塵《みじん》も持ち合わせていないかのように、サリムは言った。

五章　伯爵の決断　子爵の決断

丘《おか》の上にある教会の庭は風の通り道だ。葉擦《はず》れの音がやむことなく続いているが、聞こえるのはそれだけだ。静かだ。

シャルは右掌《てのひら》を広げ、そこに気を集中する。周囲からきらきらと白銀の粒《つぶ》が寄り集まり、剣の形に凝縮《ぎょうしゅく》していく。

「銀砂糖子爵の命令か？」

訊くと、サリムは淡々と答えた。

「子爵ではない。だが、あの人の立場を守るためだ」

「やめろ、と言っても。……聞く気はなさそうだな」

「ない」

形になった剣をしっかり握《にぎ》ると、シャルはにっと笑った。

誰の命令でなんのためにシャルを殺そうと狙《ねら》っているのかわからないが、サリムは本気だ。本気で向かってくる相手には手加減無用だ。しかも相手は、かなりの手練《てだ》れだ。

「では、やってみろ」

戦いを好む妖精の本能が悦《よろこ》び、体の芯《しん》をぞくぞくさせる。

サリムは凶暴《きょうぼう》で見境がない男ではない。シャルは背後にいる誰かを守るために戦うのではなく、自分の命を守るためだけに戦うのだ。自分のために戦える。それが面白《おもしろ》い。

羽が緊張のためにぴんと張りつめ、硬質な白銀の色合いが強くなる。光が羽の表面を流れる。

地面についた左手をバネにして、シャルは低い姿勢からサリムに向かって突進《とっしん》した。

サリムは剣を下に構え、膝《ひざ》を狙って横なぎにしようとしたシャルの刃《やいば》を弾《はじ》きあげた。はじかれた勢いを利用して、シャルは横に飛び、片足を軸《じく》にして体をひねり、今度はサリムの胴《どう》を狙って突《つ》きを繰《く》り出す。サリムは背後に飛んでかわしたが、すぐに体勢を立て直し、一歩踏み込み、下段から刃を跳《は》ね上げる。はじいて、シャルも飛び退く。

二人、正眼に構えて睨《にら》み合う。

相変わらず周囲は静かだ。ぶつかりあう剣の音も、小鳥たちを脅《おびや》かすほどではない。頭上の木の枝の上で小鳥がさえずっている。

二人、同時に走った。

刃がぶつかりあい交差する。力で押し返そうと、互《たが》いに渾身《こんしん》の力をこめる。ぎりぎりと刃がこすれる。その時、頭上でさえずる小鳥が一斉《いっせい》に飛び立った。

シャルとサリムは同時に、荒々《あらあら》しいひづめの音と馬のいななきに気がつき、音の方へ注意がそれた。

「なにをしている!!」

教会の庭に単騎駆《たんきか》け込《こ》んできたのは、銀砂糖子爵ヒュー・マーキュリーだった。サリムははっとした顔になり、剣を引くと背後に飛び退いた。シャルは構えたまま、サリムの様子を探《さぐ》る。サリムの殺気は、ヒューの顔を見た途端《とたん》に消え失《う》せていた。

「なにをしていたんだ！　サリム！　シャル！　棺《ひつぎ》はどうした!?」

ヒューは馬から飛び下りると、足早に庭に入ってきた。その後ろから、キャットが一人用の馬車を操《あやつ》ってやってくる。状況を見ると眉《まゆ》をひそめ、馬車を止め手綱《たづな》を握ったまま動かない。

シャルは手を振《ふ》って剣を霧散《むさん》させながら答えた。

「棺は中だ。動かされてはいない。心配するな。なにをしていたのかは、サリムに訊け。俺の命が欲しいと言うから、相手をしていただけだ」

「なに？」

眉をひそめ、怒《いか》りの表情でヒューはサリムに詰め寄った。

「サリム。なにをしていた。答えろ」

馬のいななきとヒューの怒鳴《どな》り声にびっくりしたのか、馬車の中からアンが顔を出す。眠《ねむ》そうに目をこすっていたが、その場の雰囲気《ふんいき》に気がついたようで顔色が変わる。

「え!?　ヒュー？　キャットも。でも、シャル……どうしたの？」

キースとともに、アンは慌《あわ》てて馬車を降りシャルの元に走ってきた。

サリムは剣を鞘《さや》に収めながら平然と答えた。

「シャルを殺そうとしていました。命令に従って」

「誰がいつ、そんな命令を出した？　俺はそんな命令を出した覚えはない」

「あなたじゃない……」

そこで迷うように口をつぐんだが、ヒューの無言の圧力に耐《た》えかねたように続けた。

「命令は、あなたの後見人、ダウニング伯爵《はくしゃく》からのものです」

「伯爵が？　なぜだ」

「シャルは危険な妖精《ようせい》なので、排除《はいじょ》する必要がある。子爵は一年半前から彼の存在を知っていながら、放置していた。その責任を国王陛下から問われる前に、俺が子爵のために片をつけろと。俺ならシャルの近くに、彼に警戒《けいかい》されることなく近づける」

――なるほど。そういうことか。

シャルはくっと笑った。

人間王はやはり、妖精王を放置しておくつもりはないらしい。

人間王は妖精たちに、砂糖菓子《がし》作りの技術を伝えることを約束し、その仕事を銀砂糖子爵に命じた。しかしそれは結局、シャルとの誓約《せいやく》を守るためではない。まして、妖精のためでもない。彼らは銀砂糖妖精という、特殊能力のある奴隷《どれい》が欲しいだけなのだ。

そうでなければ、シャルの命を狙うはずなどない。やっかいな妖精王が異議を申し立てて暴れる前に、秘密裏《ひみつり》に消しておこうということだろう。

アンがシャルの上衣《うわぎ》の裾《すそ》を握る。まるで彼を守ろうとするかのような仕草だった。

――これほど、愛《いと》しいのに。

ひ弱なくせに妖精のために精一杯《せいいっぱい》の力を使い、今もこうやってシャルを守ろうとさえするアンに愛しさがあふれる。だからこそ彼女と同じ人間が、こうやってシャルの心を黒く塗《ぬ》りつぶすような卑劣《ひれつ》さを見せつけることが憎《にく》かった。

「国王陛下は、卑怯《ひきよう》だわ」

怒りに唇《くちびる》を噛《か》んだアンの呟《つぶや》きに、ヒューは首を振る。

「国王陛下は、卑怯者ではない。陛下は約束を守ろうとしている。俺は陛下から直接聞いている」

「でも、じゃあなんでシャルを殺そうとするの！」

「ダウニング伯爵の独断だ。あの人は今まで、王家の脅威《きようい》となる者は徹底《てってい》的に排除してきた」

ダウニング伯爵が独断で動いているとは言え、国王がそれを認めていないとは言い切れない。シャルの暗殺を密《ひそ》かに命じたダウニング伯爵と同様に、国王もまた密かに、ダウニングに暗殺を命じたかもしれない。

「サリム。おまえは俺の護衛だ。俺の命令以外は聞くな」

ヒューの声は低く、まるでうなり声をあげる獅子《しし》のようだった。

「しかしダウニング伯爵はあなたの後見人で、あなたの立場が」

「俺はあの人の飼い犬じゃないんだ、サリム。俺は銀砂糖子爵《ししやく》で、国王陛下の臣下だ。俺のつとめは国王陛下の臣下として、砂糖菓子《がし》や砂糖菓子職人を保護し、よりよい砂糖菓子を作り出すことだ。ダウニング伯爵は俺の後見人だが、おまえへの命令は出すぎた真似《まね》だ。俺が計画していることを、ぶちこわしかねない。相手が俺の後見人で伯爵様だろうが、俺の仕事をぶちこわすことは許さない」

淡々《たんたん》と告げるその言葉とは裏腹に、ヒューの目には怒りがたぎっていた。

「俺は銀砂糖妖精を育てる。妖精のためにするんじゃない。ましてや王家のためではない。砂糖菓子がより美しく、より強い力を持つために、銀砂糖妖精が必要だ。妖精が加わることで、砂糖菓子がもっと素晴《すば》らしいものになる」

ヒューの言葉を、シャルは意外な思いで聞いた。

――銀砂糖子爵は本気で銀砂糖妖精を育てようとしている。

そして、思わず苦笑《くしょう》した。

――こいつも馬鹿《ばか》だ。

銀砂糖子爵も根本的なところでは、アンと一緒《いっしょ》の砂糖菓子馬鹿だ。

ヒューの言葉に、アンは背に震《ふる》えが走る。シャルの上衣の裾をさらに強く握《にぎ》っていた。

――銀砂糖子爵だ。

ヒューは砂糖菓子のために銀砂糖妖精を育てようとしている。ただ純粋《じゅんすい》に、砂糖菓子がよりよいものへと成長することだけを願っている。

そのためには自らの後見人に対してさえ「許さない」と言う。

ヒュー・マーキュリーは銀砂糖子爵だ。砂糖菓子と砂糖菓子職人のために、存在している。彼が職人の自由を捨て、自らを縛める子爵の地位についたのは、砂糖菓子と砂糖菓子職人を守るために、人柱のように強く立ちはだかる決意をしたからだ。

砂糖菓子職人の頂点にいればこその思いだ。この思いがあるからこそ、銀砂糖子爵と名乗るにふさわしい人物なのだ。

御者台《ぎょしゃだい》の上でヒューの言葉を聞いたキャットの猫目《ねこ》が、はじめて出会う人間を見るように、ヒューの背中を見つめている。

「後ろから、ダウニング伯爵の一行が来てる。伯爵がサリムに対して、秘密裏に出した命令の内容を考えると、あのじいさんが、なにを考えてなにをするかは俺にもわからない。だが俺は銀砂糖子爵として、最善の策で、最善の方向へ事を進めると約束する」

ヒューはそこにいる全員を順繰《じゅんぐ》りに見回した。

「サリムは俺の護衛だ。俺に従え。砂糖菓子職人も俺に従え。俺は砂糖菓子職人を守ってやるし、砂糖菓子をよりよいものにするために働く。だから俺に従え」

従えという強い言葉が、胸に響《ひび》く。

警戒するべきは、ダウニング伯爵なのだ。

――ダウニング伯爵が、シャルを殺せと命じるなんて……。

伯爵と初めて会ったのは、最初の砂糖菓子品評会だった。穏《おだ》やかで優《やさ》しげな人だと思っていたから、その人がシャルを殺すようにと命じたというのは衝撃《しょうげき》だった。哀《かな》しかった。

シャルは王家や人間に害になることはしないと約束したのに、信じてもらえていない。

「なぜダウニング伯爵は、それほどシャルを恐《おそ》れるんですか？」

ふいにキースが訊《き》いた。するとキャットも、続けて言う。

「てめぇら、なにか隠《かく》してやがるだろう。シャル。てめぇ、何者なんだ」

シャルが妖精王であることは、広めてはならない。それは王国にとってもシャルにとっても、不都合な事実なのだ。

シャルはアンの方を顎《あご》でしゃくり、きっぱりと言った。

「俺はこいつの護衛だ。それ以外の者に、なるつもりはない」

丘《おか》を駆《か》けあがってくる五、六騎《き》の騎馬《きば》の足音と、馬車の轍《わだち》の音が響く。それに気がついたヒューが、キースとキャットに向かって制止するように手をあげる。

「ここまでだ。伯爵が来たぞ。シャルの立場は、いずれ必要な時がくれば説明してやる」

六騎の騎馬兵に守られた大型馬車が、教会の庭へ駆け込んできた。御者は上手に手綱《たづな》をさばいて馬車を急停車させ、騎馬兵たちも馬をとめる。

馬車の扉《とびら》がひらき、黒いマントをなびかせたダウニング伯爵が颯爽《さっそう》と降り立った。

ヒューは身を翻《ひるがえ》し、ダウニング伯爵のもとに歩いて行った。

「伯爵。ストーとの交渉《こうしょう》のあと、あなたに申し上げたいことがあります」

「藪から棒に、なにごとだ。交渉前に片付くことなら、今聞くが？」

「あなたがサリムに出された命令についてです」

告げられるとダウニング伯爵は、白い眉《まゆ》を少しだけ不愉快《ふゆかい》そうに動かした。

「それは、交渉の後に聞こう」

馬から下りた兵士が、ダウニング伯爵を守るように取り巻く。

「妖精商人ギルドの代表。レジナルド・ストーとかいう男を、ここに連れて来るのだ」

「連れて参りましょう」

ヒューが教会の中に入っていくと、ダウニング伯爵はサリムに責めるような視線を向けた。

サリムは軽く一礼したが、その後は視線を跳《は》ね返すようにじっとしている。

すぐに教会の扉が開き、ヒューが出てきた。続いて、六人の用心棒に囲まれたレジナルド・ストーが姿を現す。レジナルドは臆《おく》することなくダウニング伯爵《はくしゃく》の正面に進み、礼を失しない距離《きょり》を空けた場所で立ち止まった。その場に膝《ひざ》をつく。

「妖精《ようせい》商人ギルド代表レジナルド・ストーにございます。ダウニング伯爵様」

馬鹿《ばか》丁寧《ていねい》な挨拶《あいさつ》は、白々しかった。なにしろ彼自身がダウニング伯爵をこの場に呼びつけたに等しいのだ。彼が心の中で舌を出しているのがわかる。

「立て。ストー」

ダウニング伯爵は用心深く、立ちあがるレジナルドを観察している。

「そなた、わたしと銀砂糖子爵が数ヶ月前に追っていた妖精を所有しているらしいな。それを王家に買えと申しておると。相違《そうい》ないか？」

「さようでございます。伯爵様」

低く艶《つや》のある声は、従順に答えているようでいて、相手を挑発《ちょうはつ》する雰囲気《ふんいき》がある。

「三万クレスと、妖精商人に対する税率の引き下げが買い取りの条件というのもまことか」

「さようでございます。伯爵様」

「その妖精は危険だ。本来ならば国王命令で強制的に引き渡《わた》してもらうところだが、妖精を連れ帰った労をねぎらい三万クレスの三分の一を支払《しはら》う。それで妖精を渡してもらおう。よいな」

「それはできかねます。伯爵様」

卑屈《ひくつ》なほど丁寧に答えながら、レジナルドは笑っていた。

「なんと申した？」

「それはできかねますと申し上げました。わたくしどもが出したもう一つの条件を無視なさるのであれば、購入《こうにゅう》のご意志がないということで、他《ほか》のお客様に売らせて頂きます」

「そなたは、自分の口にしている言葉の意味がわかっておるのか？　三万クレスも馬鹿げているとしか言えない金額だが、税率の引き下げなど、国の財政に関係する問題だ。そんなものをたかが妖精一人の対価に支払うと思っておるのか。そなたも商人ならばわかるであろう」

ダウニング伯爵は落ち着いていた。悠然《ゆうぜん》たる態度を崩《くず》さない。

「おそれながら、伯爵様。商人ゆえにわかっております、わたくしどもの持っている商品の価値を。あなた様がこうやって、こんな田舎《いなか》にやってきた。時間を考えれば、とるものもとりあえずといったところでございましょうか？　あなた様をこうやってここに呼び寄せる商品の価値は、たった一万クレスではないはずです」

よどみなかったダウニング伯爵の受け答えがとまった。

好機とばかりに、レジナルドはたたみかける。

「先に申しあげておきますが、王命をふりかざし、商品をお取り上げになるのはおすすめできません。そんなことになれば、妖精商人ギルドは安心して商売ができませんから、ギルドは解散いたします。妖精商人も表だった商売から一切《いっさい》手を引きますので、王家へお納めする税金は

なくなります」

「妖精を取引する必要性がなくなるわけではないだろうに、なにを馬鹿《ばか》な」

「さあ、それは。わたくしども妖精商人ギルドの知ったことではございません。我々が商売から足を洗った後も、誰かが闇《やみ》で、商売は続けるやもしれませんが」

アンはレジナルドの言葉に慄然《りつぜん》とした。

——これは脅迫《きょうはく》？　王家に対する⁉

ダウニング伯爵の声が低く、地を這《は》う。

「王家に盾突《たてつ》くと申すか？　卑《いや》しい妖精商人が」

「そのとおり。我々は卑しい妖精商人だ」

どこか誇《ほこ》らしげにレジナルドは答えた。

ダウニング伯爵の怒《いか》りに呼応して、彼もまた慇懃《いんぎん》な態度を捨てた。卑屈な笑いを消し、狼《おおかみ》本来の凄《すご》みのある笑いを口元に浮《う》かべる。荒削《あらけず》りな雄々《おお》しい彫像《ちょうぞう》のような威圧感《いあつかん》が膨《ふく》れあがる。

「誰もが必要とするのに誰もが軽蔑《けいべつ》している、妖精の売り買い。その行為《こうい》の中心に立つことで、妖精商人は買う者の罪悪感も代金と一緒《いっしょ》に受け取っている。買う奴《やつ》ら売る奴らは、妖精商人が卑しいからだと、安心して取引する。それでいい。妖精商人は人に蔑《さげす》まれても、その対価を得ている。その上前をはねる王家のやり方が気に入らない。この商売に足を踏《ふ》み入れたときから、気に入らなかった。人に忌《い》み嫌《きら》われているのをいいことに、王家は妖精商人に他よりも高い税率を課す。我々が引き受ける穢《けが》れを知っているのならば、逆に、我々の商売よりも課税を軽くするべきだ。王家も面子《メンツ》があるだろう。だからこちらが、いいわけを提案してやっているんだ。妖精を買うために、税率を引き下げたと言えるようにな」

アンは悟《さと》った。

――妖精商人ギルドは、ただ、ラファルを売りたいわけじゃないんだ。

妖精商人たちはおそらく何年何十年と、王家が課す税率への不満をくすぶらせていたのだろう。税率を下げるために、なにかしら王家に対して有効な手段を探していたに違《ちが》いない。

そして最も有効な手段は、妖精ギルドを解散し妖精商人たちは闇にもぐると宣言し、王家を脅《おど》すことだという結論を得た。

抜かりない彼らは、王家の誇り高さも計算に入れている。

妖精商人に脅されて従ったとなれば、王家の面子は丸つぶれだ。意地でも拒否《きょひ》してくるかもしれない。そこで王家に向かって逃《に》げ道を用意した。それがラファルだ。

ラファルを手に入れた妖精商人ギルドは、彼を餌《えさ》に銀砂糖子爵《ししゃく》とダウニング伯爵を呼び寄せて、交渉のとばくちにしようと計画した。そしてラファルを買えとふっかけて、その実、減税の交渉をする。

これは妖精商人の、静かな謀反《むほん》なのだ。

「レジナルド・ストー。そなたは王家に牙《きば》をむくのだな」

「牙をむくのじゃない。交渉をしているんだよ。三万クレスも、税率の引き下げに関しても、多少の譲歩《じょうほ》はしてもいい。それゆえに交渉と言っているんだぞ。ただ、王家が我々を力で押さえつけようとするのならば、それに屈《くっ》する気はないと言っているだけだ」

低く響《ひび》く堂々とした声に、その場にいる全員が凍《こお》りついていた。

しばらく、レジナルドとダウニング伯爵は睨《にら》み合っていた。

やまない風が、頭上で木の葉を揺《ゆ》らし続けている。木の葉の隙間《すきま》を通る光が、せわしなく地面に落ちる。

「よかろう」

ようやく、ダウニング伯爵が答えた。

「そなたの提案を検討する時間をもらう。その間、妖精は動かすことなくこの教会へ置いておくこと。それが我々がそなたの提案を検討するための、必要最低限の条件だ」

「承知した」

「ひとまず我々は、ノーザンブローの宿屋へ帰る。みな、引きあげ準備だ」

ダウニング伯爵はヒューに向かって顎《あご》をしゃくり、全員の引き上げ準備をするように目顔で指示する。

レジナルドに背を向けたダウニング伯爵に、ヒューは早足で近づいた。

「伯爵。いかがなさるおつもりですか」

「考えがある。ひとまず引きあげるのだ」

アンは不安を感じながらも、ダウニング伯爵の命令に従い馬車に乗った。馬車が走り始めると、窓から教会の方をふり返った。レジナルドが暗い目で、じっとこちらを見つめている。


「無事か!? アン!」

シャルと一緒に宿の部屋に入るなり、ミスリル・リッド・ポッドがぴょんと跳《と》んで、アンの胸に抱《だ》きついた。

「ラファルの奴がいたんだろう!? あいつ、どうなったんだ?」

昨夜宿に居残りしたミスリルは、一度帰ってきたヒューとキャットから、事情は聞いているらしい。心配顔で見あげてくる。

「まだ眠《ねむ》っていて、妖精商人のところにいる。ダウニング伯爵がどうするつもりか、わからないの」

「まさか野放しにはしないよな」

「しないわよ絶対。でも……」

「ダウニングが、狼の出した条件を呑《の》むはずはない。なにをたくらんでいるのか」

シャルは言いながら二人の横をすり抜《ぬ》け、窓辺に行くと窓枠《まどわく》に腰《こし》掛《か》けた。窓を開け、疲《つか》れたように息をついて外の景色に目を向ける。

ノーザンブローでアンたちがとった宿を、ダウニング伯爵《はくしゃく》はまるごと借りあげた。宿屋の主人にも一時的に宿を出るように命じ、厨房《ちゅうぼう》の料理人と数人の給仕《きゅうじ》だけが、建物内には残された。

横暴にも思えるが、それなりの金額を払《はら》っているのだからと、ダウニング伯爵はまったく気にする様子がない。これが真の貴族というものなのだろう。銀砂糖子爵のヒューや、前銀砂糖子爵の息子《むすこ》であるキースなどは、まだ感覚が庶民《しょみん》的なのだとしみじみ思う。

ダウニング伯爵は狭《せま》い部屋を嫌い、一階の食堂兼《けん》酒場でくつろぐことに決めたらしい。座り心地《ごこち》の良い長椅子《ながいす》を運ばせると、そこに腰を落ち着けた。

とりあえず全員部屋に帰りくつろげと指示されたので、アンもシャルを伴《ともな》って部屋に帰ってきた。アンはミスリルを抱《かか》えたまま、シャルの側《そば》に立った。

「シャル……。ここにいて、大丈夫《だいじょうぶ》？」

ダウニング伯爵は秘密裏《ひみつり》にシャルを殺せと、命令を出していた。その伯爵と同じ宿にいるのは、あまりにも危険な気がした。しかしシャルは鼻で笑う。

「サリムがダウニングの命令で動かないなら、他に殺し屋を仕立てるしかない。だがあいつと同じ技量の殺し屋を、そう簡単に準備はできない。しばらくは大丈夫だ」

その言葉を聞いて、ミスリルが目をむいてシャルの膝《ひざ》に飛び移った。

「なんだって!? おまえもしかして、ダウニング伯爵に命を狙《ねら》われてんのか!?」

興奮してぴょんぴょん跳《は》ねる。

「なんでだ!? まさかおまえ、王城でアンやルル・リーフ・リーン以外の女にも不埒《ふらち》な真似《まね》をしたのか!? もしかして王妃様《おうひ》に!?」

跳ね上がったところをバシリとシャルに叩《たた》き落とされ、ミスリルはぎゃっと悲鳴をあげた。

「そのおかしな思考回路をなんとかしろ!」

床《ゆか》に叩き落とされたミスリルは、よろよろと起き上がり、さらに喚《わめ》きはじめた。

「図星だな!? 図星なんだな!? そうだろう!? だからそんなに怒《おこ》るんだろう!? くそ、うらやまし……じゃなかった! なんてことをするんだ! とりあえず詳細《しょうさい》を聞かせろ!」

シャルは頭痛をこらえるように額を押さえた。

「あの、もりあがってるところ気の毒なんだけど。理由は別に……」

アンがなだめようとしたとき、扉《とびら》がノックされた。外から声がかかる。

「アン・ハルフォード。ダウニング伯爵がお呼びである。階下に参れ。連れは不要だ」

ダウニング伯爵の護衛の一人だろう。アンの返事も聞かずに、靴音《くつおと》が遠ざかっていく。

シャルは顔をあげて、眉《まゆ》をひそめる。

「なんだ? おまえを呼ぶ理由は」

「さあ、わからないけど……。いってくる」

ちょうどいい機会だ。ダウニング伯爵と対面できるならば、シャルが王家や人間にとって危険な存在ではないのだと、説得できるかもしれない。

すぐに一階の食堂兼酒場へ下りた。

食堂兼酒場は広い。石壁《いしかべ》に石の床。本来なら何組ものテーブルと椅子《いす》が並べられているのだが、それらがすべて部屋の端《はし》に積み上げられていた。そのかわりに座り心地のよさそうな長椅子と、ローテーブル。肘《ひじ》掛《か》け椅子が三脚《さんきゃく》ほど持ち込まれ、部屋の中央に置いてある。

石造りの室内は底冷えがする。しかし暖炉《だんろ》には火がはいり、ほどよく暖まっていた。

ダウニング伯爵は長椅子にゆったりと腰掛け、お茶を飲んでいた。護衛の兵士たちはすべての窓と扉の傍《かたわ》ら、さらにダウニング伯爵の背後に控《ひか》えている。

距離《きょり》をとって膝を折ると、ダウニング伯爵は笑って手招いた。

「疲れているところ呼び立てて悪かった、ハルフォード。こちらに来て座りなさい。お茶を用意させよう」

「でも、ご一緒《いっしょ》するなんて無礼を……」

「気にする必要はない。ここは王城でもない、公式の会議の場でもない。どうした、わしや国王陛下に向かって王城で声を張り上げた娘《むすめ》と同一人物とは思えぬ慎《つつし》み深さではないか？」

からかう口調で言われ、アンは赤面して頭をさげる。

「あの時は、無礼を働きました」

「よいのだ。さあ、座りなさい」

老臣は初めて出会ったときと同じ印象で、青い瞳《ひとみ》で優《やさ》しく微笑《ほほえ》みかけてきた。白い頭髪《とうはつ》と白い口ひげ。どこから見ても穏《おだ》やかな老人だ。

この人がチェンバー家を根絶やしにし、アルバーン公爵《こうしやく》を討伐《とうばつ》しようと試み、そして今はシャルを暗殺しようとしている。そうわかっていても、冷酷《れいこく》非情な人物には見えない。

勧《すす》められるまま、ダウニング伯爵の正面に置かれた肘掛け椅子に座った。すぐに、乾燥《かんそう》ハーブのお茶が出される。香《かお》りの良い湯気が、アンの目の前に立ちのぼる。

「初めて会った頃《ころ》に比べて、少し背が伸《の》びたな。娘らしくなったぞハルフォード」

「ありがとうございます。あの時は、砂糖菓子《がし》をお譲《ゆず》りできなくてすみませんでした」

「よいよい。孫娘《まごむすめ》の結婚《けっこん》の砂糖菓子は、それなりに素晴《すば》らしいものが手に入った。孫娘は結婚してしまったが、そなたを見ていると、あの子の三、四年前の姿を思い出すな」

あまりにも穏やかに話をするダウニング伯爵に、アンは戸惑《とまど》う。

──こんな優しいのに。なんであんなに冷酷なことができるの？

「わしは孫娘が可愛《かわい》くてな。なにしろ、わしが育てたのだ」

「伯爵様が？　でもお父様やお母様は」

「あれの母親は出産で亡《な》くなった。父親であるわしの息子は、十五年前の内乱のおりに戦場に出て兵士たちの指揮を執《と》っていたが、そこで戦死してしまった」

「あ……すみません」

不用意に立ち入ったことを訊《き》いてしまった自分のうかつさに、俯《うつむ》いた。

「よいのだよ。そなたも父親を内乱で失ったらしいな。それを聞くと、いっそうそなたと我が孫娘がだぶって見える」

びっくりして、アンは再び顔をあげた。

「どうしてご存じなんですか」

「そなたの母親がエマ・ハルフォードだと知って、銀砂糖子爵《ししやく》が調べたのだ。そなたの父親は、どうやら馬車を作る職人だったらしいな」

言われてアンは目を丸くした。初めて聞く話だ。エマは父親についてなにも話してくれなかったが、それは「話をすると哀《かな》しくなるから」と言っていた。だからアンも、父親についてほとんどなにも知らない。

——馬車の職人さん？　パパが？

それならばアンがエマから引き継《つ》いだあのおんぼろ馬車は、もしかすると父親の作ったものではないだろうか。荷台の中にある砂糖菓子の作業場は、作業台の高さから棚《たな》の位置まで女性の背丈《せたけ》に合った作りになっている。誰《だれ》かが特別に、エマのために作ったものなのだ。

塗《ぬ》りがはげても、車輪が壊《こわ》れても、エマがずっと修理を重ねて、愛《いと》しそうにあの古びた馬車を使っていた理由があったのかもしれない。

「愛する者が戦《いくさ》で命を落とすのは、やりきれん」

　ダウニング伯爵の言葉に、アンは深く頷《うなず》いた。

「はい。ほんとうに……そうだと思います」

「わしも孫娘が不憫《ふびん》だった。息子がわしよりもずっと早く死んでしまったことも、残念だった。わしは二度と、内乱など起こさせたくない。二度と王国を乱してはならん。そう思うから、わしは王国を乱す者が許せん」

　手にしていたカップをテーブルに置くと、ダウニング伯爵は身を乗り出した。声を落とす。

「ハルフォード。よく聞くのだ。そなたが連れているあの妖精《ようせい》、妖精王シャル・フェン・シャルは、存在するだけで王国を乱す」

「そんなこと、ありません」

　アンはぐっと拳《こぶし》を握《にぎ》る。

「シャルは人間を害したりしません。妖精王と名乗って王国を乱そうとも思っていません。わたしは、知ってるんです。彼は優しくて、まっすぐです。嘘《うそ》をつきません。信じてください」

「信じているよハルフォード。妖精王は約束を守ると。彼は誰も傷つけようと思っていない。だが彼は王国を乱す存在だ」

「どうしてですか⁉」

「チェンバー家やアルバーン家と同じだ。妖精王が存在していると知られれば、妖精王本人が望まなくとも、妖精たちが王を担《かつ》ぎだそうと騒《さわ》ぎはじめる。そうなれば本人が望むと望まざるとにかかわらず、彼は争乱の種になる」

指先が冷える。

五百年前の妖精王の伝説を思い出す。聖ルイストンベル教会でシャルが耳元で囁《ささや》いて語ってくれた、妖精王と人間王の伝説。その中で確か妖精王も人間王も、本人たちは望まないのに、互《たが》いの種族の人々に望まれて戦うことになったと語られていた。

シャルがそうなる可能性がないとは、言いきれない。

「彼を殺してくれハルフォード。そなたなら彼も、油断するはずだ。国のためだ。そなたの父親を奪《うば》ったような内乱を起こさぬためには、危険は排除《はいじょ》する必要があるのだ」

なんということを頼《たの》むのだろうか。愕然《がくぜん》としたが、怒《いか》りは感じなかった。ダウニング伯爵《はくしゃく》は本気で国を守ろうとしている。二度と国を乱したくないと、誰よりも真剣《しんけん》に考えている。

――でも。だからといって、絶対に従えない。

恐《おそ》ろしさに震《ふる》えそうになる両手を、アンは膝《ひざ》の上で握りあわせた。

「できません、ダウニング伯爵様。可能性のためだけに、シャルを殺すなんてできません」

「もしそうなった場合は、王国が乱れ人がたくさん死ぬのだぞ」

「ただの可能性です。わたしにはできません。それにシャルは、妖精たちに担ぎ出される前に、なんとかします。彼はたくさんつらい目にあっているけれど、それだから強く優しい。だからわたしは、シャルが騒乱《そうらん》の種にならないと、信じてます」

「そなたは、それほどに妖精王を信じているのか」

「信じています。この世の誰よりも、信じています」

一言一言噛《か》みしめるように紡《つむ》いだ言葉に、ダウニング伯爵は目を見開く。彼はしばらくアンの顔を見つめていたが、ふと何かに気がついたように、アンの背後に視線を向けた。

ダウニング伯爵の視線を追って振《ふ》り向くと、ヒューが椅子の背後に立っていた。

「いつからそこにいた。マーキュリー」

「今さっきからです。伯爵の信念については、伺《うかが》いました」

椅子をまわってアンの隣《となり》に立つと、ヒューは淡々《たんたん》と言った。

「妖精王に対する伯爵のお考えは、伯爵のものです。わたしは、とやかく申し上げることができる身分でもありません。ですが、これだけはお願いしたい。ご自分の信念のために、誰かを巻きこむのはやめて頂きたい。ハルフォードしかり、わたしの護衛サリムしかり」

「怒《おこ》っておるのか」

「ええ。怒っていますね」

ヒューは笑顔《えがお》で答えたが、目は笑っていなかった。

「だがわたしが怒ったところで、痛くもかゆくもないでしょう。それよりも、肝心《かんじん》なことを伺いたくて参りました。伯爵。レジナルド・ストーとの取引、いかがなさるおつもりですか。国王陛下に打診《だしん》するでもなし、のんびりお茶を飲んでおられる。わたしはストーとは銀砂糖妖精の件に関して、交渉《こうしょう》をしなくてはならないのです。お考えを伺いたい」

「わしの結論は、あの教会を引きあげたときに出ておる」

長椅子《ながいす》の背にもたれかかり、ダウニング伯爵は足を組んだ。

「ストーを襲撃《しゅうげき》して妖精を殺す。その場にいるだろうストーと、取り巻き連中も口封《くちふう》じに殺す」

「そんな!」

アンは思わず立ち上がった。目の前に置かれたお茶のカップが、ひっくり返る。

「ストーは譲歩《じょうほ》するつもりはないと言った。妖精商人が地下に潜《もぐ》られても困る。ストーは正体不明の強盗《ごうとう》団に襲《おそ》われ、妖精ともども死んだ。妖精商人ギルドは新たな代表を立てればよい」

「国王陛下への打診もなさらないおつもりですか?」

厳しい表情で訊いたヒューに、ダウニング伯爵は頷く。

「この程度のことを、陛下に打診する必要もない」

アンの足元に、テーブルの上に流れたお茶がぽつりぽつりと落ちる。

「必ず露見《ろけん》します。それを知った妖精商人たちは、今度こそ交渉の余地なく地下に潜ります」

「そんなことはさせん。証拠《しょうこ》は残さぬ」

「証拠がなくとも、商人たちは感づきます! 伯爵! 力でねじ伏《ふ》せ続けていれば、いつか押さえつけられたものが一気に吹《ふ》き出してきます。そうなればあなたが最も恐れる国の乱れになる！　お考え直しください」

「王国に牙《きば》をむく者には、わしは今までそのやり方でやって来た。そして今まで、国は乱れずにすんでいる。そなたが口を出す問題ではない」

「しかし彼らは牙をむいているわけではない！　交渉を望んでいるだけだ！」

「ひかえよ！　マーキュリー！」

ダウニング伯爵が、黒いマントを跳《は》ね上げて立ちあがった。

「同じことだ！　奴《やつ》らは国を乱す者だ！　容赦《ようしゃ》はできぬ！　わしは国を守る者だ！」

大喝《だいかつ》され、ヒューはぐっと老臣を睨《にら》む。

「お考えは変わりませんか」

「くどい。下がれ、マーキュリー」

「……わかりました」

ヒューは静かに答えると、呆然《ぼうぜん》としているアンの背を押した。

「下がりましょう。ハルフォードも一緒《いっしょ》に来い」

ヒューに背を押され食堂兼《けん》酒場の扉《とびら》を出ると、薄暗《うすぐら》く狭《せま》い廊下《ろうか》だった。

——本気だ。ダウニング伯爵はストーさんたちを殺す。どうしよう。どうしよう……。

血の気が引いて、足先まで冷たかった。なかば呆然としているアンの両肩《りょうかた》に、ヒューが手をかける。顔を覗《のぞ》きこんで、低い声で呼びかけた。

「アン。しっかりしろ。アン」

ヒューの声で我にかえった。

暗い廊下に、ヒューとアン以外の人影《ひとかげ》はなかった。冷えて重い空気だけが沈殿《ちんでん》している。

「……ヒュー。伯爵はストーさんたちを……」

「殺すつもりだ。だからおまえさんに頼みがある。これからシャルを連れて、狼《おおかみ》のところへ行け。ダウニング伯爵の手の者が彼らを襲う前に、逃《に》げろと伝えろ。北の村、バルクラムあたりが逃げ場として最適だ。州兵の配備が少ない。いざとなれば、シャルと一緒にストーを守れ」

言いながらヒューは、懐《ふところ》から地図を取り出してアンの手に握らせた。それはノーザンブローに来る道中に、ヒューが持っていた王国北部の詳細《しょうさい》地図だった。

「でも、そんなことしたのがばれたら」

「ばれるさ。俺が指示したこともばれる。だがおまえは大丈夫《だいじょうぶ》だ。何かあったら、銀砂糖子爵《ししゃく》の指示に逆らえなかったと言って切り抜《ぬ》けろ」

「わたしじゃなくて、ヒューはどうするの⁉」

「ストーに貸しをつくれば、奴との交渉が成功する要因になる」

「わたしの質問に答えてないよね⁉　ヒューはどうなっちゃうの？」

「後見人の意向に逆らうんだからな、悪けりゃ首を刎《は》ねられる。よければ、伯爵の城の地下牢《ちかろう》にでも住めるかもな」

「そんな！」

「俺の後釜《あとがま》の銀砂糖子爵は、五人の候補者がいる。彼らは銀砂糖妖精《ようせい》の実力をよく知っているし、必要な存在だと知っているから、憂《うれ》いはない。これは銀砂糖子爵の義務だ。交渉相手を守らなければ、銀砂糖妖精は育てられない。嫌《いや》だとか、やりたくないとか、別の道を考えようとか、言うなよ。そんな悠長《ゆうちょう》なことは言ってる暇《ひま》がない。拒否《きょひ》も許さない。命令したはずだ、俺に従え。砂糖菓子《がし》職人ならば、俺に従え」

強い意志が、まっすぐアンの心に突《つ》き通る。

「……従います。銀砂糖子爵」

震える声で答えていた。

「よし、行け」

ささやき声に突き飛ばされるように、アンは駆《か》け出した。一気に階段をのぼった。自分の部屋に駆け込む前に、キャットとキースの部屋の扉を叩《たた》いた。

「キャット！　キャット！　キース！」

「ちんちくりん、なにを騒《さわ》いで……」

扉を開けたキャットの顔を見るなり、どっと涙《なみだ》があふれた。キャットはぎょっとしたようだ。目を見開く。

「おい、どうした!?」

キャットと同室のキースも背後から顔を出し、焦《あせ》ったように訊《き》く。

「なにがあったの」

「ダウニング伯爵《はくしゃく》がストーさんたちを襲います。ヒューはそれをさせちゃいけないって。だからわたしに、シャルと一緒に知らせに行けって。でもそのかわりに、ヒューは大変なことになる。それでも行けって。だからわたしは行きます。キャット、キース。ヒューを守って！」

キャットやキースにしても、ただの職人だ。ダウニング伯爵に逆らえるはずはないとわかっていたが、彼らにしかすがれなかった。

「あのボケなす野郎《やろう》。なんで……」

キャットが絶句する。

「銀砂糖子爵の義務だからって。交渉相手を守らなければ、銀砂糖妖精を育てられないって」

キースが、まっすぐな強い目をして頷《うなず》いてくれる。

「わかった。僕たちにできることは、なんでもする。約束する」

「お願い」

アンは頼《たの》むと身を翻《ひるがえ》し、今度は自分の部屋に駆け込んだ。

「シャル！」

アンを抱《かか》えるようにして、シャルは馬を駆っていた。

部屋に駆け込んできたアンはシャルの胸に飛び込んですがりつき、レジナルドを逃がすために協力してくれと懇願《こんがん》した。妖精商人を助けるために、アンは走れという。シャルに苦痛を与《あた》え続けた連中を助けるのは、心底嫌だった。

だがアンの頼みだ。そしてアンの願いは、妖精のための願いだ。

それがわかっていたから、シャルはアンの手を握《にぎ》るとすぐに部屋を出た。

ミスリルが今度こそ置いていかれまいと慌《あわ》てて飛び上がり、シャルの懐に潜りこんだが、それをつまみ出す余裕《よゆう》はなかった。

強い風が吹きつける小高い丘《おか》を馬で一気に駆けあがり、教会の庭に出た。昼の光に照らし出された庭は明るかったが、風が変わらず強い。

——この場所はまずい。いつでも襲える。

強盗の仕業《しわざ》に見せかけて襲撃するなら、普通《ふつう》なら日が落ちてからだ。日が落ちるまでダウニング伯爵の手勢が待ってくれるなら、逃げ出す時間は充分《じゅうぶん》にある。

だがこの場所はひとけがないし、強い風の音が悲鳴をかき消す。闇夜《やみよ》に紛《まぎ》れて取り逃がしがない分、相手は昼間を選んで襲撃してくる可能性も高い。ぐずぐずしていられない。

馬からおろしてやると、アンは一直線に教会に向かい扉を開けた。

「ストーさん！」

祭壇《さいだん》の端《はし》に腰掛《こしか》けて、ラファルの棺《ひつぎ》を覗きこむようにしてレジナルドが座っていた。その周囲には、用心棒たちがいる。

飛び込んできたアンと、その背後に立つシャルの姿に、レジナルドが不審《ふしん》げに目をすがめる。

「どうした。銀砂糖師のお嬢《じょう》さんじゃないか」

アンが祭壇に駆け寄る。

「ダウニング伯爵がここを襲撃《しゅうげき》して、盗賊《とうぞく》の仕業に見せかけてラファルを殺して、あなたも殺そうとしています。逃げてください。早く」

急き込《せ》んで告げたアンに、レジナルドは胡散臭《うさんくさ》そうな顔をする。

「わたしをここから追い立ててなにをたくらんでいる」

「違《ちが》います！　ほんとうにあなたの命が危ないんです！」

「どうしてあんたが、そんなことを教えてくれるんだ？　理由がわからんな」

「わたしじゃありません。銀砂糖子爵の指示です！　銀砂糖子爵は、銀砂糖妖精を育てるために、妖精商人の協力が不可欠だと考えてます。その交渉《こうしよう》相手を守れなければ、交渉なんか成り立たないって！　だから、あなたを守れって！」

そこで言葉に詰《つ》まり、アンは唇《くちびる》を噛《か》んだ。泣き出しそうなのをこらえているようだ。

シャルはアンの前に出て、レジナルドを睨みつけながら静かに告げた。

「銀砂糖子爵は、砂糖菓子のためだけに動いてる。おまえたちと王家のいざこざなど、迷惑《めいわく》なだけだ。だが、おまえが死ねば交渉ができなくなる。だから助けると言ってる。そうでなければおまえのような狼のために、俺は走らない」

吐《は》き気がするほど嫌《きら》いな妖精商人に、なぜ自分がこんな忠告をしているのか。嫌悪感《けんおかん》が隠《かく》せないシャルの表情をレジナルドは探《さぐ》るように見つめる。

「銀砂糖子爵が、後見人のダウニング伯爵に逆らうのか？　そんなことをすればどうなるか、わかってるだろう。それを承知でそんな馬鹿《ばか》なことをするとは思えん」

「こいつらは、馬鹿なんだ」

シャルは吐き捨てた。

アンもヒューも、大馬鹿者だ。その大馬鹿者たちの望みでさえなければ、シャルは怒《いか》りのままに振《ふ》る舞《ま》いたい。けれど彼らの馬鹿さ加減は、妖精たちのためでもあるのだ。

「ストーさん。信じてください。逃げて、お願いです」

アンは懇願するように訴《うった》える。

「王家が適当な理由をつけてわたしを捕《と》らえるか、もしくは殺しに来るか。どちらも想定はしていた。だからわたしの身に何かがあれば妖精商人ギルドは解散して地下に潜《もぐ》る。そうなる段取りはつけてある。わたしを襲《おそ》えば、王家は結局損をする。それはわかっているのか？」

信じてもらえない苛立《いらだ》ちにだろう。アンの声が大きくなった。

「王家は関係ない！　銀砂糖子爵はあなたと交渉したいために、あなたが必要なんです！」

ヒューの事が心配で不安で、レジナルドが苛立たしくて、ダウニング伯爵の手勢が押し寄せることが怖《こわ》くて。色々なことが気持ちをかき乱しているのだろう。アンの声が震《ふる》える。

「あなたなんか好きじゃない。けれど必要なんです、あなたが。交渉の相手として」

「交渉などせずに、王家のように力ずくで奪《うば》えばいいだけではないか？」

「力で奪えないものがあることくらい、あなただってわかるでしょう!?　だからあなたも、王家に喧嘩《けんか》を売ってるんじゃない！」

かっとしたようにアンが怒鳴《どな》った。彼女は唇を嚙み、肩《かた》で息をしながら、両方の拳《こぶし》を握っていた。できるなら握った拳で、レジナルドの胸の中にある疑いを直接たたき壊《こわ》したいと思っているようだった。

丘を吹《ふ》き抜《ぬ》ける風の音が、シャルの中の焦燥感《しょうそうかん》をかき立てる。沈黙《ちんもく》するレジナルドが苛立たしい。

——動け。狼《おおかみ》。

そう念じながら、教会の外の気配を探る。今ここで襲撃されれば、どうやってレジナルドを救えばいいのか。無意識に方策を探っていた。

アンの視線を受け止めていたレジナルドが、ゆっくりと頷いた。

「わかった。とりあえず、信じよう。ここを離《はな》れる準備だ」

レジナルドは用心棒たちに目配せした。

アンはほっとしたように、肩の力を抜いた。

「急げ。この場所なら、すぐに襲撃されてもおかしくない」

シャルは念を押すと、アンの背を押して教会を出た。

すぐに教会の前庭に荷馬車が引き出された。そして蓋《ふた》を閉められたラファルの棺が荷台に載《の》せられ、落ちないように紐《ひも》で固定される。シャルはその作業を目の端で見ながら、庭に立って警戒《けいかい》していた。アンも隣《となり》に立って、荷馬車を見守っている。

するとシャルの懐《ふところ》から、むぐむぐとミスリルが顔を出す。

「おい、あれがグラディス、じゃなかった。ラファル・フェン・ラファルなのか?」

遠くにある黒い棺を、こわごわ見やる。

「ミスリル・リッド・ポッド。どうしたの? 大人しかったね」

アンが訊《き》くと、ミスリルは嫌《いや》な顔をする。

「妖精《ようせい》商人なんか、俺様は顔を見るのも嫌だからな。ここに隠れてたんだ」

「要するに、怖かったんだな」

断言したシャルに、ミスリルは顔を真っ赤にする。

「こここ、怖がってなんかないぞ！　へん、あんな奴《やつ》ら！」

しかしミスリルの嫌悪《けんお》も恐怖心《きょうふ》も、シャルにはよくわかる。妖精商人に売られた経験のある妖精なら誰《だれ》でも、妖精商人を心底憎《にく》むか、恐《おそ》れる。商品として扱《あつか》われる屈辱《くつじょく》や仕打ちの記憶《きおく》は強烈《きょうれつ》で、薄《うす》れることがない。

もう一度ラファルの棺に目を移す。ラファルの棺が荷物のように扱われているのが、苦々しい。いっそラファルを殺してやりたい。しかし今は耐《た》えるべきだ。

拳を握るシャルの手に、アンの手がそっと触《ふ》れる。

「ごめんね。ありがとう。シャル。嫌なこといっぱいさせてる。でもヒューもわたしも、シャルの望むものが現実になるように、努力する……」

十六歳の少女には重すぎる事ばかりで、彼女自身一杯一杯《いっぱいいっぱい》だろう。それでもこうやって、シャルの心に触れようとする。彼女の幸福のためには自分の気持ちを殺すべきだと決意して、ずっとアンに素っ気なくしていたのに、彼女はそんなことでは変わってくれない。

――どうすればいい？　俺は、こいつを。

冷たく振る舞うのも疲《つか》れる。変わってくれないアンに、根負けしてしまう。強い風に乱れる彼女の髪《かみ》を、シャルは優《やさ》しく押さえてやった。

レジナルドが教会から出てくる。彼が手荷物を荷台の中に放《ほう》りこんでいるのを目にして、アンは眉根《まゆね》を寄せた。

「ストーさん、砂糖菓子《がし》持ってない。置いて来ちゃったんだ。わたし砂糖菓子をとってくる」

アンはぱっとその場を離れ、教会へ駆《か》け込《こ》んでいった。

それを見送ったミスリルが呆《あき》れたように言う。

「やっぱりアンは、アンだなぁ。砂糖菓子のことばっかりだな。そのことだけはよく気がつく」

「確かにな」

苦笑《くしょう》せずにはおれない。

教会出入り口の扉《とびら》から、アンが出てきた。手には淡《あわ》いピンク色の妖精の砂糖菓子を持っている。彼女は荷馬車のところに行くと、荷物を荷台に放りこむレジナルドに詰め寄った。

「ストーさん。持っていてください」

「あんたも大概《たいがい》、しつこいな。わかった。その辺に載せろ」

言われたアンは、嬉々《きき》として荷台の隅《すみ》に砂糖菓子を置いている。ご丁寧《ていねい》に振動《しんどう》で壊れないように、細い縄《なわ》を借りてそれで固定する。

その時。ざっとひときわ強い風が吹き、木立の中をなにかが駆け抜けるように葉擦《はず》れの音が庭の周囲を走る。舞い上がった砂を避《よ》けるために、ストーが袖口《そでぐち》で目を覆《おお》う。アンが翻《ひるがえ》るドレスの裾《すそ》を押さえる。ミスリルは首を縮めてシャルの懐にもぐり、シャルも目を細め、乱れ躍《おど》る髪を押さえた。

風がやんだ。

庭にいた全員が、目を見張る。

吹き抜けた強風に運ばれてきたかのように、忽然《こつぜん》と、庭の真ん中に一人の少年が立っていた。背には二枚の羽がある。妖精だ。

アンよりも少しばかり背の高い、十四、五歳の少年の姿だ。星の光のような白っぽい銀の髪と、銀の瞳《ひとみ》だ。真っ白な肌《はだ》。身につけている衣装は身の丈《たけ》に合わない、大きめの白いシャツ。そして体の線に沿うような黒のズボン。肩に青色のストールを巻いている。どこかからあり合わせの衣装を手に入れて身につけたようだが、それがなぜか洗練されて見える。あまりに際立《きわだ》って美しい、その容貌《ようぼう》のせいかもしれない。

少年妖精はゆっくりとした流し目をシャルに向け、淡い朱色《しゅいろ》の唇《くちびる》で微笑《ほほえ》んだ。

彼のまとう気配は、貴石から生まれた者特有の張りつめた強さだ。そして色彩《しきさい》から察するに、彼の生まれた貴石はダイヤモンド。

——兄弟石。

直感した。

六章　逃走

間違《まちが》いないと、シャルは直感した。

彼はシャルとラファルの兄弟石であるダイヤモンドから生まれた妖精だ。

「誰も、邪魔《じゃま》をしないでね」

少年妖精が口を開いた。ガラス玉をぶつけ合ったような、濁《にご》りのない澄《す》んだ声だ。けれどどこか茫洋《ぼうよう》としており、眠《ねむ》りながらしゃべっているように声に力がない。

少年妖精はゆっくりと一歩、荷馬車に向かって踏《ふ》み出した。

惚《ほう》けていたレジナルドの用心棒たちは、ようやく正気づく。妖精と荷馬車の間に三人が割り込み、他《ほか》の三人が妖精の背後に回る。突如《とつじょ》出現した妖精を訝《いぶか》しげに見ていたレジナルドも、出方を決めたらしく用心棒たちに命じた。

「羽が二枚か。そいつを捕《つか》まえれば、買い取り金を出してやるぞ」

用心棒たちが色めきたち、剣《けん》を抜く。アンはただ呆然《ぼうぜん》としている。

「なんで邪魔するの？　邪魔しないでって、言ったよね？」

少年妖精は困ったような表情をしながら、両方の掌《てのひら》を上に向け腕《うで》を左右に広げる。左右の掌に向け、きらきらと光の粒《つぶ》が吸い寄せられていく。彼の両方の掌の上で光は凝縮《ぎょうしゅく》し、細く輝《かがや》く形になる。そしてそれらは細身で、シャルの剣の半分ほどの長さの剣になった。

細身の剣を左右の手に握《にぎ》り、少年妖精は言った。

「そこ。どいてくれない？」

用心棒の一人が少年妖精の背後から斬《き》りかかった。傷をおわせて動けなくするつもりらしく、肩口《かたぐち》を狙《ねら》って上段から剣が振《ふ》り下ろされる。

少年妖精はくるりと柔《やわ》らかく体を返し、その場を逃《のが》れた。そしてさらに二、三度、足を軸《じく》に体を回転させた。両手の剣が、風車の羽根のように回転した。高速で回転した刃《やいば》が、斬りかかった用心棒の胴《どう》を浅く切りさき、霧《きり》のように血が吹《ふ》き出した。用心棒は背後によろめき、うずくまる。

一瞬《いっしゅん》のことだった。シャルは呻《うめ》く。

「……速い」

用心棒たちの殺気が膨《ふく》れあがり、少年妖精に襲《おそ》いかかろうと身構える。

――危険だ。奴を刺激《しげき》したら、アンも巻きこまれる。

悲鳴をこらえるように、アンが体を硬《かた》くしている。シャルは少年妖精の前に飛び出し、荷馬車を彼の視線から遮《さえぎ》るようにした。

「貴様たちは手を出すな！　こいつに勝てると思うのか⁉」

背中越《ご》しに用心棒たちに怒鳴《どな》ると、用心棒たちはびくりとする。彼らも用心棒を名乗るくらいだから、それなりの経験はあるだろう。少年妖精《ようせい》の技量が自分たちを遥かに上回っているのは、理解しているらしい。

「俺はシャル・フェン・シャルだ」

静かに名乗ると、少年妖精は両手をさげて構えをといた。何度か目をぱちぱちさせる。

「……なんとなく、わかる。ラファルと同じだね。あなた兄弟石?」

「そうだ。おまえの名は」

「エリル・フェン・エリル」

「なぜここに来た。妖精商人に捕まりたいのか」

「捕まるのは、いや。だからどうしようか迷ってたんだ。ラファルは逃《に》げろと言ったけれど」

「ラファル?」

眉《まゆ》をひそめたシャルに反応せず、エリルは言葉を続ける。

「僕はどこへ逃げればいいのかもわからない。だからラファルを追ってきただけだ。いずれ目覚めるかもしれないと思って待っていたけど……目覚めないから。もうこのまま、どこかへ一緒《いっしょ》に連れて行こうかと思って」

ぼんやりとした口調だった。自分の周囲の世界や自分自身のことが、未《いま》だにはっきりと理解できずにいるようだ。

　──混乱しているのかもしれない。

　時が満ちてもなかなか生まれなかった影響《えいきょう》だろうか。シャルは続けて、静かに諭《さと》す。

「エリル。ラファルを渡《わた》すことはできない。こいつには重い罪がある。おまえは、逃げろ」

「いや。僕はラファルを連れて行く」

　エリルは首を振る。

　シャルと会話するエリルに隙《すき》があると思ったのか、用心棒の一人が再び彼の背後へ忍《しの》び寄る。

「よせ！」

　制止したシャルの声は間に合わず、用心棒は斬りかかっていた。再び、エリルが身をかわし、二本の刃が回転した。用心棒はすんでの所でそれを避けたが、背後に飛び退《の》きそこねて尻餅《しりもち》をついた。そこにエリルが容赦《ようしゃ》なく、二本の刃を突《つ》き立てようとする。

　その時だった。激しい馬の息づかいと蹄《ひづめ》の音が、庭を囲むように響《ひび》いてきた。

　エリルはおやっというように周囲に目を向け、用心棒たちもぎょっと目をむく。

　六騎《き》の人馬が、庭の四方から姿を現した。六騎の乗り手は、町でよく見かけるありふれた町人の服を着て、黒い覆面《ふくめん》をしていた。盗賊《とうぞく》のようなしつらえではあったが、その体躯《たいく》はがっしりして、姿勢の正しさや馬を扱《あつか》う手並みは無頼《ぶらい》のものではない。盗賊に偽装《ぎそう》した兵士だ。

　──こんな時に！

　シャルは歯がみした。

六人の兵士たちは、黙《だま》ったまま同時に腰《こし》にある剣を抜《ぬ》く。

「かかれ!」

一人の号令で、一斉《いっせい》に馬の腹を蹴《け》った。六頭の馬がどっと押し寄せる。

用心棒たちはエリルに向けていた剣を馬の方へ向けなおし、駆《か》け出した。

乱戦から抜け出さなければ、興奮した兵士と用心棒たちにアンですら斬られかねない。

シャルは荷馬車に駆け寄り、身をすくませるアンの腰を抱《かか》えて、荷馬車の荷台に放《ほう》り上げるようにして乗せた。

「荷台に伏《ふ》せていろ!」

命じられるままに、アンは荷台に伏せる。

「貴様も乗れ! 貴様を抱えてやるつもりはない!」

レジナルドに向かって怒鳴ると、彼は緊張《きんちょう》した面《おも》持ちながら、にやりと笑って見せた。そして御者台《ぎょしゃだい》に飛び乗る。シャルも御者台に乗り、手綱《たづな》を握ろうとしたレジナルドからそれを奪《うば》い、馬に鞭《むち》を当てた。馬がいななき、竿立《さおだ》ちになったのを御《ぎょ》して走り出す。

エリルが乱戦から抜け出し、身軽く大きな樫《かし》の木の枝に飛び乗るのが見えた。荷馬車を視線で追っているが、馬の足に追いつけるわけはないとわかっているのか、ただ見送っている。

一人の兵士が馬を駆って追ってきた。

馬に鞭を当て操《あやつ》りながら、シャルは横目で兵士の接近を確認《かくにん》した。隣《となり》に乗るレジナルドが懐《ふところ》からナイフを取り出して構えながら、声をあげた。

「追いつかれたぞ!」

兵士は馬を全速力で走らせ、荷台を回りこみレジナルドが座る側の御者台と並んだ。並んだと思った瞬間《しゅんかん》、剣を振りかざした。レジナルドはナイフを構えたが、それを弾《はじ》くようにして兵士は剣を横に払《はら》った。ナイフが宙を飛び、血のしぶきがシャルの手にかかる。

レジナルドは呻き、脇腹《わきばら》を押さえた。

シャルは舌打ちし、前屈《まえかが》みになって呻くレジナルドをまたいで立ちあがった。

左手に手綱を握ったまま、右掌を広げて剣を出現させる。もう一度剣を振り下ろした兵士の剣を剣で受け止め跳《は》ね上げ、返す手で兵士の肩《かた》から胸へ斬りこんだ。

さっと兵士の胸に血の線が走り、バランスを崩《くず》した兵士は馬から転げ落ちた。

再び御者台に座ると、シャルは手綱《たづな》を握りなおした。隣で前屈みになるレジナルドは、両手で脇腹を押さえていた。指の隙間《すきま》から真っ赤な血があふれている。深手だ。

レジナルド・ストーへの襲撃《しゅうげき》が開始される少し前。

アンとシャル、ミスリルの三人がこっそり宿を出るのを手伝ってから、キースはキャットと一緒に、銀砂糖子爵《ししゃく》の部屋に向かった。

広々した二階の角部屋に、ヒューはサリムと一緒にいた。上衣《うわぎ》を脱《ぬ》いで襟元《えりもと》を緩《ゆる》め、ゆったりと椅子《いす》に座って香《かお》りのよいハーブのお茶を飲んでいた。そのあまりの落ち着きぶりに、焦《あせ》ってやって来た自分たちが、何かの勘違《かんちが》いをしていたのかと一瞬思ったほどだ。

「アンは行ったか？」

入ってきたキースとキャットに、ヒューは訊《き》いた。

「ええ。シャルと一緒に行きました。誰《だれ》にも気づかれていないと思います」

キースが答えていると、キャットが無言でその横をすり抜けた。ヒューの目の前に仁王《におう》立ちになり腕組《うでぐ》みして見おろす。

「すぐにばれるぞ。兵士どもが教会に行ってあそこがもぬけの殻《から》になってりゃ、誰かが連中を逃がしたのだって気がつく。あいつらを襲うのを知ってるのは、てめぇとアンだけだ」

「安心しろ。アンには害がおよばないようにする。アンは、銀砂糖子爵の権限で無理矢理《むりやり》行かせたんだ。彼女にもそう言えと、言い含《ふく》めてある」

「てめぇはどうなんだよ。後見人に逆らったら、悪くすりゃ投獄《とうごく》されるじゃねぇか」

ヒューはすこし笑って、手にあるカップを椅子の脇《わき》のテーブルに置く。

「甘いなキャット。ダウニング伯爵《はくしゃく》はもっと徹底《てってい》してる。良くて、投獄だ。悪ければ首が飛ぶ」

「それを知ってて、なんでこんなとこで悠長《ゆうちょう》にお茶なんか飲んでやがるんだ！」

「逃げ出せとでも言うのか？」

いきなりキャットが、ヒューの胸《むな》ぐらを摑《つか》んだ。

「なんでこんな真似《まね》しやがった！」

サリムが剣《けん》の柄《つか》に手をかけるが、ヒューは目でそれを制した。そしてキャットを見あげる。

「手を離《はな》せ、キャット」

「答えやがれ！」

「離せ」

威厳《いげん》を持って命じられ、キャットは悔《くや》しそうな顔をしたが、突き放すようにして手を離した。

襟をなおしながらヒューは口を開く。

「銀砂糖妖精を育てるためには、妖精商人の協力が不可欠だ。今ストーに死なれたら、妖精商人たちは今後何があろうと、協力要請《ようせい》には応じないだろう。それでは困るだろう」

「なぜそれほどまで銀砂糖妖精を育てることにこだわるんですか？　王命であればこそ、王家の信頼《しんらい》厚いダウニング伯爵に従うべきかもしれないのに」

思わず訊いたキースに、ヒューは逆に問いかけた。

「おまえはルルの技《わざ》を目《ま》の当たりにして、どう思った？　俺はルルの存在を知ってから、妖精たちの職人としての技量に期待した。人間だけではたどり着けない砂糖菓子《がし》の何かが、妖精たちが加わることによって生まれるはずだ。だから俺は銀砂糖妖精を育てたい。技術が王家の秘密であればそれも不可能だったが、それが解禁になった。王命も発せられた。こんな機会は二度とないだろう」

「でも銀砂糖子爵の立場で逆らったら」

「銀砂糖子爵だからだ。なんのために俺が銀砂糖子爵になったと思う。俺は砂糖菓子のために、銀砂糖子爵になった。砂糖菓子がよりよいものに変化する機会を、失ってどうする」

「てめぇ。なんで……」

キャットがつかえつかえ、呟《つぶや》いた。

「銀砂糖子爵になるとき、てめぇ、砂糖菓子のためにとかそんなこと……。一言も……。お貴族様気分も悪くねぇとしか、俺には言わなかったくせに……俺はてっきり……」

「言わなかったか？」

けろりとして、ヒューはしらばっくれる。

「言ってねぇ！」

「じゃあ、あれだな。おまえがにゃーにゃー騒《さわ》ぐのが面白《おもしろ》くて、わざと言わなかったんだな。多分」

人ごとのように言うので、キャットはさらに目をつり上げる。

「てめぇ、あの時、俺の誘《さそ》いを断って銀砂糖子爵を受けたよな!?　あんな大事なときにまで、ふざけてやがったのか!?　それに言っとくが、俺は生まれてこのかた一回も『にゃー』なんて口にしたことはねぇぞ！」

「今、言ったぜ。『にゃー』」

「あげあしとるんじゃねぇっ！」

鼻先を指さされたキャットは、ヒューの手を思い切り横から叩《たた》く。

彼らの馬鹿馬鹿《ばかばか》しい口喧嘩《くちげんか》に、キースは首をひねりながら割り込んだ。

「子爵を何かに誘ったんですか？　ヒングリーさんの方から？」

しまったと言いたげにキャットは口をつぐんだが、ヒューはにやにやしている。

キャットはばつが悪そうにしながら答えた。

「なんだっていいだろうがよ。とにかく俺は、いい職人が、つまんねぇ仕事について腕《うで》を振《ふ》るわなくなるのが気に入らなかっただけだ」

「おまえが気に入ろうが気に入るまいが、これは俺が望んだ立場で、この立場で砂糖菓子と関《かか》わって生きようと決めた。だが、首が胴《どう》と離れれば、どうしようもない」

冗談《じょうだん》めかして、ヒューは肩をすくめる。

「俺の後釜《あとがま》は、ルルの弟子《でし》の五人の誰かだ。五人は俺の仕事を引き継《つ》いでくれると信じているが、確実に引き継ぐための橋渡《はしわた》しが必要だ。キース、キャット。それにアンもだな。おまえたちが頼《たの》みの綱だ。特にキャット。おまえは彼らより経験もある。仕事を引き継いでくれ。別におまえの人生すべてを、俺のようにつまらん仕事にかけろと言ってるわけじゃない。数ヶ月、長くて数年だ。その期間だけ、砂糖菓子のためにおまえの時間をさいてくれ」

「銀砂糖子爵はつまんねぇ仕事なのかよ」

「はっきり言って、つまらん」

「そう思ってるなら、なんで銀砂糖子爵になんかなった」

「俺の妹は、砂糖菓子が好きだったんだよ。だからだ」

ヒューは天井《てんじょう》を見あげて言葉を切った。

彼に妹がいたというのは、はじめて聞く話だった。職人の世界に入った後のヒューの経歴を、前銀砂糖子爵の息子《むすこ》であるキースはよく知っていた。確か彼に身内はいなかったはずだ。

──とすると、その妹さんは職人の世界に入る前に……。

ヒューは孤児《こじ》で、幼い頃《ころ》はウェストルの町中で路上生活をしていたらしい。路上生活している子供が命を落とすのは珍《めずら》しくない。特にひ弱な女の子や小さな子供には、過酷《かこく》な環境《かんきょう》だ。

しかしヒューはその路上生活から抜《ぬ》け出した。彼はある日マーキュリー工房《こうぼう》の門を叩き、見習いにしてくれと言ったのだ。普通《ふつう》ならば身元引受人もいない子供を見習いにはしないが、先代のマーキュリー工房長の懐《ふところ》の深さに救われ、見習いとなったという。

そして彼は職人としてみるみる腕を上げていった。

彼がそうして砂糖菓子職人になり、銀砂糖子爵になったのはなんのためだったのか。

「あいつは昇魂《ブル・ソウル・デイ》日に教会の外に並べられる砂糖菓子を見て、あんなのが欲しいと言ってた。

結局、一度も買ってはやれなかったがな。あいつが綺麗《きれい》な砂糖菓子を見てはしゃぐのが、嬉《うれ》しかった。もっと喜ばせてやりたかった。だから俺は砂糖菓子を作りたい。綺麗な砂糖菓子をな。俺自身が作るのでなくても、かまわない。だからそのための仕事を選んだ」

俯《うつむ》いて、キャットは拳《こぶし》を握《にぎ》った。

「なんでそんなこと、てめぇが我慢《がまん》しなきゃいけねぇ」

「自分で選んだからだ」

ヒューは微笑して答えた。

――子爵《ししやく》を守らなければ。

キースの中に、強い思いがわきあがってくる。ヒューは銀砂糖子爵にふさわしい人物で、ここで彼の未来が終わるのは、砂糖菓子や砂糖菓子職人たちにとっても損失となる。五人の銀砂糖子爵候補は、彼におよばない。今、彼のかわりに銀砂糖子爵となれる人物はいない。

――けれどダウニング伯爵を向こうに回して、どうやって子爵を守れるんだ⁉

絶望しそうになるが、アンの顔を思い出す。彼女ならどんなときでも諦《あきら》めないだろう。きっと、自分にもできることがあると言うはずだ。萎《な》えそうになる気持ちを、奮い立たせた。

――考えるんだ。可能性を！

様々な情報が頭の中を駆《か》け巡《めぐ》り、取捨選択《せんたく》され、組み替《か》えられ、繋《つな》がる。

そして。たった一つの可能性に思い当たる。

「子爵。あなたの名前で手紙を書いてください」

キースは決然と顔をあげて、要求した。

「子爵も気がついているはずですよね。唯一《ゆいいつ》の可能性を」

ヒューはふぅっと深い息をついた。

「それは賭《か》けだな。俺とダウニング伯爵《はくしゃく》では、積み重ねてきた時間が違《ちが》う。それを考えれば……無駄《むだ》足《あし》になるかもしれない」

「賭けならば、まず、勝負をはじめないことには勝てません」

強く言い切った。そして手を差し出し、再び要求した。

「手紙を書いてください。賭けましょう子爵。僕が、勝負を引き受けます」

ヒュー・マーキュリーに選ばれ期待された自分であるならば、やりとげてみせる。

──アンでは無理だ。シャルにも。ヒングリーさんにも。でも、僕ならば。在位二十年を超《こ》えた前銀砂糖子爵の息子の顔は、まだ忘れられていないはずだ！

元お貴族様とからかわれるのは嫌《いや》だったが、今はそれがありがたいと思えた。キースにとって前銀砂糖子爵の息子キース・パウエルという肩書《かたが》きが、有利に働く。

「僕ならば、あの門を通れます。おそらく」

ヒューはふっと笑った。

「なるほどな。では、賭けるか」

数時間後、キースは一人密《ひそ》かに宿を出た。一通の信書を携《たずさ》えて。

既《すで》に日が暮れかかっていた。

荷馬車はできる限りの速度で走り続けていたが、それでもアンは焦《じ》れったかった。

レジナルドが拠点《きょてん》にしていた教会から北の方向には、九つも街道《かいどう》の分かれ道がある。三つは、大きく迂回《うかい》して東、南、西の沿岸部へ向けてのびる道。四つ、五つ目は、西の大都市レジントンの北部郊外《こうがい》と、東の大都市リボンプール北部郊外へ抜ける道。残りの道は、北の荒涼《こうりょう》地と呼ばれる地域へ、それぞれ扇《おうぎ》の骨のようにのびる四つの道だ。

ヒューは荒涼地にあるバルクラムという、比較的《ひかくてき》大きな村の方面が逃走《とうそう》には適していると告げた。その言葉通り、交通量が少ないし、州兵の見回りに行き合うこともなかった。追っ手もかからない。おそらく九つの分かれ道のいずれへ逃《に》げたのかがわからず、追ってこられなかったのだろう。

レジナルドの怪我《けが》は、かなりひどい。彼を荷台に寝《ね》かせて、あり合わせの布の上から、アンは両手でずっと傷口を押さえていた。だがじわじわとにじみ出てくる血を止めることはできず、レジナルドの顔色は悪くなる一方だった。さらに体が、ぶるぶると震《ふる》えはじめる。

「ストーさん。寒いですか？」

レジナルドはかちかちと鳴る歯をむき出して、それでも強気に笑う。

「どこへ……向かってる。遠いぞ」

「バルクラムです。ご存じですか？」

「知ってる……。わたしはノーザンブローに、住んでた……ガキのころで……あいつを売ったのも、ノーザンブローの、妖精《ようせい》市場……」

呟《つぶや》く声がうわごとのようだった。声がかすれていく。

──はやく、お医者様に診《み》せないと。

ビルセス山脈の大きく黒い影《かげ》が、前方に立ちはだかる。夕日は西へ傾《かたむ》き、東から藍色《あいいろ》の夜が迫《せま》っている。気温が下がってくる。すこしだけ肌寒《はださむ》い。

ここでレジナルドを死なせてしまっては、ヒューがダウニング伯爵を敵に回した意味がなくなる。妖精たちの未来も消える。

「明かりだ」

シャルが前方を指さした。伸《の》び上がって前方を見ると、揺《ゆ》れる村の明かりが見える。

「ストーさん！　バルクラムです！　お医者様がいますから、もうすこしです」

レジナルドの目に、わずかに生気が戻《もど》る。

シャルはさらに強く馬に鞭《むち》をくれ、速度をあげた。村へ続く道を疾走《しっそう》していると、ちょうど村の入り口に、広い庭のある二階建ての家が見えた。庭には石垣《いしがき》が廻らしてあり、門柱には医者の目印である、薬瓶《くすりびん》とナイフをあしらった文様のレリーフが彫《ほ》り込まれていた。それを目にしたシャルが、手綱《たづな》を引いて馬の速度を落とす。器用に馬を操《あやつ》り、荷馬車を門の中へ入れた。

庭に停車するなり、アンは荷台を飛び降りて家の玄関《げんかん》へ向けて走った。

「すみません！　すみません！　怪我人なんです！　開けてください！」

すがりつくようにして、幾度《いくど》も強く扉《とびら》を叩《たた》いた。だが応答がない。中で誰《だれ》かが動く気配もない。おかしいと思い玄関から少し離《はな》れ、家の様子を見回して愕然《がくぜん》とした。

明かりが灯っていないし、物音もしない。留守なのだ。

――せっかくここまで辿《たど》り着いたのに。

頭から膝《ひざ》の辺りまで、さっと冷たいものが流れる。

「次に、近い村は？」

すぐにシャルが、御者台《ぎょしゃだい》の上から声をかけてくる。アンはヒューにもらった地図を頭の中に思い出して、告げる。

「たしか、ここからまっすぐ北へ向かえば。もう一つ村がある」

「そこへ行く。乗れ」

命じられ荷台に乗ったが、体の芯《しん》に残る冷たさは変わらなかった。

次の村にも、医者はいるはずだ。だがどんなに希望的に見積もっても、到着《とうちゃく》は真夜中だろう。

この状態では、真夜中までレジナルドはもたない。

「ストーさん。ここのお医者様は留守みたいです。近くに別の村があります。そこへ行きます」

できるだけ感情を抑《おさ》えて告げると、レジナルドは歯の隙間《すきま》から呻《うめ》くように笑った。

「まにあわん……まにあわんよ……」

「大丈夫《だいじょうぶ》です」

「……まにあわん」

声が細くなってくる。

「ストーさん！」

その時だった。

「君たち、なんじゃ？」

訝《いぶか》しげな、老人の声がした。はっと荷台の上から見おろすと、石の門をくぐって、小柄《こがら》な老人がひょこひょことこちらにやってくる。白く長い髭《ひげ》が目立つ。

「ここはわたしの家だぞ。なにを勝手に」

アンは荷台から飛び降り、老人に駆け寄った。老人はびっくりしたように、目を見開いた。

「どうした、あんた！　その手！　血だらけじゃ！」

「お願いです！　怪我人なんです！　はやく、はやく診てください！」

医者はレジナルドを家の中に運びこむように指示して、すぐに手当をしてくれた。

荷馬車は納屋《なや》へ入れさせてもらい、荷物は家の中に運びこんだ。さすがにラファルの棺《ひつぎ》は納屋の荷馬車にくりつけたままにしていたが、シャルが見張りについてくれたので心配はない。

ストーの傷は深く、かなり出血もしていた。医者は傷を縫合《ほうごう》して血を止め、今夜が峠《とうげ》だと告げた。熱もあり意識はもうろうとして、予断を許さない。だが救いなのは、傷が内臓に達していないことだ。

治療《ちりよう》室のベッドの上で、レジナルドは気を失ったように眠《ねむ》っていた。室内には消毒液のにおいが充満《じゆうまん》している。

アンは祈《いの》るような気持ちで、レジナルドの枕元《まくらもと》に置かれた丸椅子《いす》に腰《こし》を下ろしていた。

「飲むかね？」

背後から、良い香《かお》りの湯気がたつカップが差し出された。

医者は優《やさ》しい目をしていた。聖ルイストンベル教会に飾《かざ》られている、聖人の一人に似ている。残念ながら、アンはその聖人の名を忘れていた。

カップを受け取ると、一口飲んだ。蒸《む》して乾燥《かんそう》させた渋《しぶ》みのあるお茶に、強い酒を数滴《すうてき》垂らして香り付けしたものだ。とても落ち着く。医者も丸椅子を引き寄せると、アンの隣《となり》に並んで座り、同じお茶のカップを手にしながらレジナルドを見おろす。

「この男は何者じゃね。あの綺麗《きれい》な妖精といい、棺といい。怪《あや》しすぎるぞ君ら」

「お話ししたいんですけれど。まだ……言っていいものかどうか……」

医者はこくりとお茶を飲むと、ベッドサイドに視線を向ける。

「ふむ。まあ、怪我人には変わりない。ところであの妖精の砂糖菓子《がし》は、誰のものじゃ」

レジナルドの枕元には、アンが作った妖精の砂糖菓子が置かれていた。どうにかレジナルドが命を取り留めるようにと、アンはすがる思いでそれをそこに置いたのだ。

「この人のものです。この人が昔、知っていた妖精を形にして作ったものなんです」

「この妖精は、エイミーと呼ばれておらなんだか？」

「え？」

「十五年ほどまえに労働妖精として買った妖精がの、その砂糖菓子にそっくりじゃった。顔が作られておらんが、その妖精にそっくりじゃとわかる。不思議じゃの」

きょとんとすると、医者は淡《あわ》く優しい色彩《しきさい》の妖精の砂糖菓子を見つめて言葉を続けた。

「助手はできんし、料理もできんし、掃除《そうじ》も下手《へた》だし。役に立つとは言えん妖精じゃったが、子供をなだめるのだけは得意で。泣きわめく子供の患者《かんじゃ》が来たときだけは、重宝した」

確かレジナルドは、自分を裏切った妖精を子守《こもり》の妖精だといっていた。とろくて、役に立たなかったとも。

――まさか。

「銀砂糖子爵《ししゃく》。ダウニング伯爵《はくしゃく》がお呼びです」

キースが密《ひそ》かに宿を出てから数時間後、扉の外から声がかかった。

ヒューは椅子から立ち上がると襟《えり》をなおし、窓ガラスに映る自分の身なりをざっと確認《かくにん》した。

サリムが音もなくヒューに近寄って囁《ささや》く。

「子爵。命じて頂ければ、俺はあなたをここから逃《に》がします。自信があります」

ヒューは小さく笑った。

「そんなことをしたら、お尋《たず》ね者決定だな。それはやめておこう。陛下へ行ってなにがあっても、おまえは手を出すな。命令だ」

扉に向かってヒューが歩き出すと、サリムは覚悟《かくご》を決めたように続く。さらにキャットが座っていた椅子から立ち上がり、ヒューに並んだ。

「なんだ？　キャット」

「俺も行く」

「なにをしに？」

「きまってんだろうが。てめぇがどんなひどい目に遭《あ》うか、見物するんじゃねぇか」

「おまえにも言っておくが、暴れるなよ。まあ、おまえは暴れてもたいしたことないだろうが」

「誰が暴れるかっ。ただ見届けてやるんだって言ってんだろう。ボケなす」

キャットは前だけを見て、怒《おこ》ったように言った。

あいもかわらずキャットはお人好《ひとよ》しだ。はじめて会った時から変わらない。ヒューは苦笑《くしょう》して、キャットとサリムを伴《ともな》い一階の食堂兼《けん》酒場へ下りた。

窓や扉の近くには、兵士たちが立ち番をしていた。その中の数人が、腕《うで》や頭に包帯を巻いている。包帯姿の彼らがおそらく、レジナルドを襲撃《しゅうげき》したのだろう。彼らのうちひしがれた様子と怪我《けが》の具合から、レジナルドが逃げおおせたのだろうと悟《さと》る。

長椅子《ながいす》に腰掛《こしか》けたダウニング伯爵は、怒《いか》りを抑えきれない表情でヒューを迎《むか》えた。手にある乗馬用の鞭《むち》を、苛立《いらだ》たしげに両手でしごいている。

──お怒りだな。お仕置きする気満々だ。

ヒューはキャットとサリムに、出入り口近くで待つように手で示した。もう一度念を押す。

「なにがあっても、動くな」

そしてダウニング伯爵の前に進み出た。

「お呼びでしょうか。伯爵」

「先刻。わしの兵士を数人、教会へ向かわせた。そこにいたストーは逃亡《とうぼう》準備中で、しかもその場に、ハルフォードとシャル・フェン・シャルがいたそうだ」

「そうでしょうね。で、ストーはどうなりましたか」

「逃げた」

「それはよかった」

答えた途端《とたん》、ダウニング伯爵が立ちあがった。

「ハルフォードたちを走らせ、ストーを逃がしたのはおまえだな。マーキュリー」

隠《かく》しおおせるものではない。ヒューはあっさり認めた。

「そうです」

「なぜそんな真似《まね》をした！」

「わたしは銀砂糖子爵だからです。ストーを殺せば、妖精《ようせい》商人たちとは二度と交渉《こうしょう》できない。そうなれば銀砂糖妖精を育てる計画が、頓挫《とんざ》する。それを防ぐ必要がありました」

怒りのためか、ダウニング伯爵は鞭を持つ両手を震《ふる》わせていた。レジナルドに逃げられたことよりも、目をかけてきたヒューに裏切られたことにこそ、怒りを感じているのかも知れない。

「伯爵。力でねじ伏《ふ》せることが安定に繋《つな》がるとは、限りません。力でねじ伏せたがゆえに、逆に安定を欠く原因となることもあるのです。庶民《しょみん》の心とは、そういうものです。だから、今からでもお考え直し頂きたい」

「考え直す余地はない。王家を守り、国を安定させることがわしの使命だ。今までその思いを持ち続け、この方法でやって来た。妖精商人の脅《おど》しに屈《くつ》することなどできぬ！」

「脅しではありません。妖精商人は、交渉を要求しているのです」

「交渉も脅しも同じだ」

「違《ちが》います」

「同じだ！　貴様とわしは、考えが違う」

揺《ゆ》るぎない言葉に、ヒューは深いため息をつく。

「そのようですね」

「ストーはどこへ向かった」

「さあ。わかりません」

「答えよ！　マーキュリー！」

鞭がしなり、ヒューの肩《かた》をぴしりと打った。サリムが動きかけたが、その腕をキャットが摑《つか》む。打たれたヒューの肩は、じりじりと痛んだ。

「知らないものは、答えようがありません」

「後見人のわしに、そこまで逆らうか」

「逆らいたくはなかった。わたしはあなたを尊敬してる。だがわたしは、銀砂糖子爵です。自分の仕事のためには、逆らわざるを得なかった」

ダウニング伯爵は怒りをこらえるように低く唸《うな》った。そして背後に控《ひか》える兵士に目配せする。

「こやつを捕《と》らえよ。答えてもらうぞ、マーキュリー」

「待て！」

兵士がヒューの肩に手をかけようとしたとき、キャットが声をあげた。サリムがもの問いたげにキャットを見やる。しかしキャットは彼に目もくれず、ダウニング伯爵にむかってまっすぐ進んだ。ヒューと並ぶ。

「こいつは銀砂糖子爵だ。相応の扱《あつか》いをする必要があるんじゃないですかね。それが、国王陛下の定めた法ってもんじゃないですか」

ヒューは驚《おどろ》いてキャットの横顔を見た。彼はヒューの姿など目に入らないかのように、まっすぐダウニング伯爵と対峙《たいじ》している。

「そなたは？　見覚えがあるな。銀砂糖師か」

「アルフ・ヒングリー」

「ヒングリー。我らの社会で後見人に逆らえば、後見人は相手を罰《ばっ》することができるのだぞ」

「だが身分の剝奪《はくだつ》はできねぇはずだ。銀砂糖子爵の身分は国王陛下から賜《たまわ》っているんだからな。だからその身分が剝奪されない限りは、子爵として待遇《たいぐう》する必要があるんじゃないですか」

「思い出した。そなた……」

ダウニング伯爵が目をすがめ、記憶《きおく》の彼方《かなた》を探《さぐ》るような表情になる。

キャット自身は知らないことだろうが、ヒューが銀砂糖子爵に選ばれる時に、銀砂糖子爵の候補としてキャットの名前も挙がっていたのだという。そのことはヒューも、銀砂糖子爵を拝命した後にダウニング伯爵から聞かされた。

ヒューともども、銀砂糖子爵候補に挙がっていたキャットだが、性格に難ありというので早々に選からもれたらしい。しかし銀砂糖子爵候補に挙がったために、ダウニング伯爵はキャットの顔やその作品、実力を知っているはずだ。

「こいつはまだ、銀砂糖子爵だ」

キャットの言葉に、ダウニング伯爵は重く頷《うなず》いた。

「なるほど。ヒングリー、そなたの言はもっともだ。よかろう」

言うなり、ダウニング伯爵は鞭をしならせヒューの頰《ほお》を打った。頰に熱い衝撃《しょうげき》が来て血の筋が走った。ヒューはくっと顔をしかめる。

「子爵として扱おう。縄《なわ》はかけぬ。ただし、罰は与《あた》える。わしの立場で、わしに逆らった子爵に懲罰《ちょうばつ》を与えるのは許された権利だ」

鞭がしなり、今度は反対の頰に衝撃が来て血の筋が走る。キャットは無表情に頷いた。

「銀砂糖子爵は覚悟の上だ。やりゃいいさ」

もう一度肩に振《ふ》り降ろされた衝撃に歯を食いしばりながらも、ヒューは内心笑った。

――「やりゃいい」だ？　キャットめ。言ってくれる。

「おっかないな……。めちゃくちゃ、おっかないな。ものすごく、おっかないな。どうしようかシャル・フェン・シャル？」

「知るか」

うんざりしながら、シャルは吐《は》き捨てた。バルクラムの医者の家に転がり込んで、三日経《た》った。

追手はまだ来ない。九つもの街道が交差した逃走経路に追手は分散され、シャルたちの行方をつかめずにいるのだろう。だが、いずれは発見される。その前に策を練る必要がある。

レジナルドは二日前の夜に目覚めた。そしてようやく昨日、少しばかり、パンのかゆを口にしたらしい。アンがつきっきりで看病している。

シャルとミスリルはその間、荷馬車を入れた納屋《なや》の中で寝起《ねお》きしていた。

シャルはラファルの棺《ひつぎ》を守るため。ミスリルは、妖精商人と同じ家の中にいるのが嫌《いや》だという理由から、シャルと一緒《いっしょ》に納屋にいる。

ミスリルはラファルの棺の存在が気味悪いらしく、シャルの懐《ふところ》から出ようとしない。それだけでも鬱陶《うっとう》しいのに、さらに怖《こわ》い怖いと言い続けるのだから、何度も握《にぎ》りつぶしたくなった。

山と積まれた干し草の上に寝転《ねころ》んで、シャルは高い納屋の天井《てんじょう》を見あげていた。天井板《いた》の隙間《すきま》から、光がこぼれ落ちている。春のきらかな光だ。埃《ほこり》が光に舞《ま》う様すら、美しい。荷馬車の荷台に置かれたままになっている黒い棺さえも、威圧感《いあっかん》を半減させている。

シャルは四日前に出会った兄弟石の妖精、エリル・フェン・エリルの事ばかり考えていた。

彼はラファルを探して、ここまでやってくるだろうか。あの技量だ。シャルとさしで戦えば、互《たが》いに無事ではすまない。

エリルはラファルを慕って彼を目覚めさせようとしているらしいが、それは危険すぎる。エリルがラファルを追ってきたら、戦う必要がある。

──俺はエリルとも戦わなければならないのか。

兄弟石でありながら皮肉な運命だ。そもそも、ラファルの棺とともにレジナルドを連れて逃《とう》亡《ぼう》してきたが、これからどうするべきなのだろうか。

まずは妖精商人ギルドに連絡《れんらく》を取り、そこの幹部たちにレジナルドを引き渡《わた》して安全な場所に保護させる。それからノーザンブローに帰る。そうしなければ、アンの立場もまずいことになるだろう。

ヒューはダウニング伯爵《はくしゃく》に逆らったのだ。彼は捕らえられ、身分を剥奪されて投獄《とうごく》されることすら覚悟《かくご》の上だ。だがアンには、そうなって欲しくないと願っている。アンは銀砂糖子爵《ししゃく》の命令に逆らえなかっただけで罪はない。そういう筋書きを考えているのだろう。

彼の覚悟やアンに対する配慮《はいりょ》を無駄《むだ》にしないためにも、アンを一刻も早くノーザンブローに帰すべきだ。

――だが。あのかかし頭が、銀砂糖子爵の配慮に素直《すなお》に従うか……。

そこが問題だった。ヒューにすべての責任を押しつけて、自分一人が言い逃《のが》れることを彼女はよしとしないはずだ。

アンは看病の合間に、シャルとミスリルに食事やお茶を運んでくれる。レジナルドが目覚めた日には嬉《うれ》しそうにしていたものの、翌日から沈《しず》んだ顔になってきた。レジナルドが一命を取り留めると、今度はヒューのことが気がかりで、どうしようもないらしい。

ベッドのヘッドボードに背をもたせかけて座り、レジナルドは朝食をとった。甘く煮《に》たパンのかゆと果物を食べ終えた彼の手元から、アンは盆《ぼん》を引いた。

「おいしかったですか？」

「食えるだけマシってしろものだな。田舎《いなか》医者の爺《じじい》の手料理に、期待はしてない」

バルクラムの村医者は親切で、身元のよくわからないアンたちを快く置いてくれていた。

「どんなに怪《あや》しくとも、怪我《けが》人がいる限りは追い出せんじゃろうが」というのが、彼の考えらしい。

「……それ、わたしが作りました」

「女になりかけの料理にも、期待はしてない」

「すみません。なりかけで」

アンはむくれたが、彼の表情や言葉に、狼《おおかみ》らしい強さが着実に戻《もど》っていることには安心した。

その安心感と一緒に、心の半分でずっとくすぶっている、ヒューの身を案じる思いが強くなる。レジナルドの逃走《とうそう》を手助けしたヒューは、今頃《いまごろ》どうなっているのだろうか。

ヒューは、自分一人で責任を引き受ける覚悟をしている。

力も権力もない自分に、なにができるかわからない。けれどノーザンブローに帰り、様子を探り、アンにできることを探すべきだ。彼を助けたかった。

――ぐずぐずしてられない。

時間が経つほどにヒューの立場が危《あや》うくなり、彼の身に危険が迫《せま》る。

「ストーさん。妖精《ようせい》商人ギルドの幹部たちに、この場所を知らせましょう。ギルドの人と一緒に、安全な場所に移動したほうがいいです。村の手紙屋さんに頼《たの》めば、手紙を届けてくれるし」

レジナルドは、灰色の目でじろりとアンを見る。

「で？　あんたはどうする」

「わたしは銀砂糖子爵を助けるために、ノーザンブローへ帰ります」

「あんたになにができる」

「なにもできないかもしれません。けれど子爵は、わたしたち職人の守護者で、砂糖菓子《がし》の守護者です。彼以外に今、銀砂糖子爵にふさわしい人はいない。だから……努力します」

レジナルドは考え込むように口をつぐんだ。険しい表情で、ベッドの脇《わき》にある窓の外へ視線を向ける。

「サイドテーブルに、ペンと紙があります。妖精商人ギルドに出す手紙を書いてください。今日、村の手紙屋さんに持って行きます。それからわたしは、ノーザンブローへ向かいます」

アンは盆を手に立ち上がった。台所へ向かい、食器を片付けた。

自分はノーザンブローへ帰るつもりだが、シャルは同行させられない。彼もまたダウニング伯爵から命を狙《ねら》われているのだから、安全なところにいて欲しい。

出会ってから今までずっとアンを守ってくれているシャルを、頼《たよ》ることができない。それは裸足《はだし》で茨《いばら》の藪《やぶ》に踏《ふ》みこむような心持ちで、不安で怖い。

けれどアンは、行かなければならない。ヒューを見捨てるわけにはいかない。

納屋に向かった。納屋の引き戸を静かに開き、顔を覗《のぞ》かせる。

納屋の端《はし》には棺を載《の》せた荷馬車があり、それと反対側の壁際《かべぎわ》には干し草が積んである。シャルはそこに寝《ね》そべっていたが、アンの顔を見ると体を起こした。彼の髪《かみ》や肩《かた》から、ぱらぱらと干し草が落ちる。光に透《す》ける干し草が、綺麗《きれい》だ。

アンは干し草の山を登った。シャルの前に座りこむと、ミスリルがひょこりとシャルの懐から顔を出した。

「よぉ、アン！」

その格好が、いかにも二人の妖精が親しげで微笑《ほほえ》ましかった。

「なんだか、親子みたいね。そうやってると」

言うとシャルとミスリルが、同時にものすごく嫌な顔をした。ちゃっかりシャルの懐におさまりながらも、ミスリルが喚《わめ》く。

「こんなのが俺様の子供なんていやだ！」

「どうして俺が、おまえの子供だ」

「あたりまえじゃないか！　おまえの方がお子様……っ！」

言い終わらないうちに、シャルはミスリルを懐から摑《つか》みだし、干し草の山から下へ向かって放《ほう》り投げた。ミスリルは悲鳴をあげ、干し草まみれになって転げ落ち、きゅうっと目を回す。

「シャル！　なんてことをっ!!」

アンはいったん干し草の山を下りてミスリルを拾い上げ、また山をよじ登ってシャルのところに戻った。目を回したミスリルを、そっと干し草の上に横たえる。

「大丈夫《だいじょうぶ》かな？　シャルってば、手加減忘れてない？」

「手加減した。目を回しただけだ。俺が本気だったら握りつぶす。それよりも、どうした」

「ああ、うん」

どう切り出すべきか考えあぐねて、アンは納屋の中を無意味に見回した。そしてラファルの棺に目がとまった。ラファルを連れて行くと告げたあの妖精のことを思い出す。

彼はエリル・フェン・エリルと名乗った。

「あの子。エリル・フェン・エリルはシャルの兄弟石よね」

問うと、シャルは憂鬱《ゆううつ》そうな表情になる。

「そうだ」

「あの子ラファルを目覚めさせようとしてるみたいだった。ここに来るかな？」

「来るかも知れん。ここに来てラファルを目覚めさせようとするなら……俺はあいつとも戦う」

つらい運命が、シャルにばかりふりかかっている気がする。誰《だれ》よりも身近でわかり合えるかも知れない兄弟石の妖精と、彼は戦わなければならない。

シャルとエリルを戦わせたくない。やはり行動は、少しでも早いほうがいい。

「あのね。ストーさんのことなの。ストーさんがここにいること、妖精商人ギルドに連絡して、迎《むか》えにきてもらおうかと思うの」

「妥当《だとう》な考えだな」

「それでわたしは、今日にでもノーザンブローに帰るね」

さらりと、何気なく言えた自分にほっとした。

「ヒューがどうなったか気になって。……様子を見るだけでもって」

「様子を見てくるだけか？　銀砂糖子爵は、ダウニングに捕《と》らえられている可能性が高い。おまえはダウニングに見つかったら、『わたしは銀砂糖子爵の命令に従って、いやいやストーを逃《に》がしてたんです』と言えるか？」

「それは……言う」

一瞬《いっしゅん》だけアンは口ごもったが、決然と顔をあげた。

「だから、わたし今日出発する。村の貸し馬車屋で、馬車を借りていく。シャルとミスリル・リッド・ポッドは、ここに残って。様子がわかったら、すぐに帰ってくる」

笑顔《えがお》でそう言ったアンに、シャルはため息をついた。

「嘘《うそ》をつけ。おまえがそんなことを、言えるはずはない。危険を承知で帰って、銀砂糖子爵《ししゃく》を助けようとしているのだろう。だから俺やミスリル・リッド・ポッドを置いていく気だな」

「そんなことしないから、大丈夫。わたしは様子を見たら、すぐに帰る……」

干し草の山から急いでおりようとするその右手首を、シャルが捉《とら》えた。

「行かせない。おまえが行くなら、俺も行く」

「シャル。でも危険……」

と言いかけて、はっと口をつぐんだ。

「白状したな。忘れているようだから、言っておく。俺はおまえを守ると誓《ちか》った。だから守る。おまえが忘れるなら、その度《たび》に何度でも言ってやる」

アンの右の手首を握《にぎ》る、長くて形の良い指。まっすぐ見つめてくる黒曜石の瞳《ひとみ》。どれもが美しくて愛《いと》しくて、たまらない。彼は優《やさ》しい。

だからこそ、わからなくなる。

「シャルは、優しい……。でも、なにを考えてるかわからない。シャルとミスリル・リッド・ポッドは、わたしにとって家族みたいだって言ったら、家族なんて理解できないからって、撥《は》ねつける。それに、キースの気持ちになかなか応《こた》えられないわたしに苛々《いらいら》してる。でもどうしてこうやって、わたしを守ってくれるなんて、優しいこと言ってくれるのか。わからない」

するとシャルも、戸惑《とまど》うように瞳を揺《ゆ》らした。

「俺はおまえを守ると誓った。だからおまえに、おまえ自身が幸福になる道を選んで欲しい。それだけだ。行くなと言っても、おまえはノーザンブローへ行く。行かなければ、おまえは苦しむ。だから行くのはわかっている。それもおまえが幸福と思える道の一つなら、俺も行く」

そう言ってシャルは、左の手首も握る。縛《いまし》めのように、両の手首が強く握られる。

「おまえ一人だけでは、行かせない」

囁《ささや》いた声は感情を殺した、淡々《たんたん》としたものだった。だがなぜか、彼の吐息《といき》は甘く感じる。

その時だった。

庭の方から蹄《ひづめ》が地を蹴《け》る音がいくつも乱れて聞こえ、馬のいななきが高く響《ひび》く。

「なんじゃ、あんたたちは!?」

庭で飼っている鶏《にわとり》に餌《えさ》をやっていた老医師が、大声で怒鳴《どな》っていた。男の声がそれに応じた。

「ここにレジナルド・ストーがいるな!?」

アンもシャルも、息をのんだ。

——まさか、見つかった!?

二人は納屋《なや》から飛び出した。庭の光景にアンは息をのみ、全身に悪寒《おかん》と緊張《きんちょう》が走る。

庭に六騎《き》ばかりの人馬が乗り込んで、砂埃《すなぼこり》を巻き上げている。さらにその背後からも、次々と門をくぐって馬がなだれ込んでくる。

「シャル！　ストーさんを逃がさないと！」

シャルも庭の光景を睨《にら》みながら答えた。

「無理だ。建物の背後にも馬がまわっている」

ダウニング伯爵《はくしゃく》は、手勢を増やしたのだろう。

馬に乗る兵士の肩には、ダウニング伯爵家の文様を縫《ぬ》い付けている者以外にも、ギルム州の州旗の文様を縫い付けた兵士たちが交じっている。ギルム州の州公タッソー伯爵に協力を仰《あお》ぎ、ダウニング伯爵は手勢を四方に放ったのだろう。そしてアンたちがこのバルクラムに辿《たど》り着いたという情報を得たに違《ちが》いない。

明るい庭先になだれ込んできた馬に、鶏が羽をばたつかせて慌《あわ》てて逃げ散る。

アンは、馬に囲まれあっけにとられる医者の手をつかみ、軒先《のきさき》の安全なところに引っ張った。

「すみません！　わたしたちを追ってきたんです！」

「しかし、あんた」

「できるだけご迷惑《めいわく》をかけないようにします」

それだけ約束して、医者を家の中へ入れた。

馬に続いて、二台の馬車が門の前に横着けされた。一台はダウニング伯爵家の紋章《もんしょう》を描《えが》いた馬車。そしてもう一台は、アンたちがノーザンブローまで乗ってきたヒューの馬車だ。

――ヒュー？

ダウニング伯爵家の馬車から、黒いマントをなびかせてダウニング伯爵がおり立った。そしてちらりとヒューの馬車へ視線を向ける。馬車の扉《とびら》が開いた。

「ヒュー！」

アンは思わず、口元を両手で覆《おお》った。

サリムに支えられ、ヒューが馬車を降りて来た。上衣《うわぎ》は身につけておらず、シャツの襟元《えりもと》もはだけている。頰《ほお》と、首から胸にかけて、みみず脹《ば》れになった血の筋がいくつも走っていた。

表情はしっかりしているが、足をくじいているのかサリムの肩《かた》を借りなければ歩けないらしい。

ヒューに続いて、キャットも降りてくる。彼は怒《おこ》っているような顔をしていた。

──キースがいない。

彼の不在に気がついた。けれど彼の行方《ゆくえ》について、あれこれ考えている余裕《よゆう》はない。

ダウニング伯爵が騎馬《きば》兵士たちの間を抜けて、まっすぐ家に向かってやってくる。

アンは身構え、シャルはアンの背後に立った。

「アン・ハルフォード。ここにレジナルド・ストーがいるな？」

敷地《しきち》の周囲を囲む馬の蹄の音がする。囲まれてしまった今、レジナルドを逃がすのも無理そうだった。逃げ場はない。

──ダウニング伯爵をとめるしかない。この場所で。

全身恐怖《きょうふ》と緊張で硬《かた》くなるが、胸の中だけが強い思いに熱くなる。もう逃げ道はない。けれど一歩も引けない。ここで対決するしかない。

「はい。います。ここに」

決意を持って頷《うなず》いた。

「ストーは我々が追っていた妖精《ようせい》を買うように要求した。我々はその交渉《こうしょう》条件を検討していた。その期間、ストーは教会から動かないと約束したにもかかわらず、無断で移動した。これは妖精商人側からの交渉の放棄《ほうき》と見なして良い。妖精商人に交渉の意思がないならば、致《いた》し方ない。我々は危険な妖精を放置することができぬ。庶民《しょみん》の安全のために、妖精を強制的に引き渡《わた》してもらう。これは致し方なきことだ。我々に非はなく、庶民の安全のためにやむなき措置《そち》だ」

シャルがくっと笑う。

「そういう筋書きにしたか」

「ストーさんが逃げたのは、伯爵の手勢に襲《おそ》われたからです！」

我慢《がまん》できずに、アンは声をあげた。すると伯爵が無表情で答えた。

「それを証明できるか？　しかもハルフォード。そなたは銀砂糖子爵と共謀《きょうぼう》し、王家と妖精商人の交渉を妨害《ぼうがい》したのだろう？　ストーをそそのかし交渉を放棄させ、なにをしようとした？　これは王家に対する反逆だ」

反逆。なんという恐《おそ》ろしい罪をでっちあげたのか。

ダウニング伯爵は、体《てい》よくレジナルドからラファルの棺《ひつぎ》を取りあげる理由をこじつけた。そしてその原因をすべて、銀砂糖子爵にかぶせようとしている。

この様子ならおそらく、ラファルの棺を渡した後レジナルドは殺される。彼が生きていては、ダウニング伯爵にとって都合が悪い。

レジナルドは殺され、アンとヒューは投獄《とうごく》なり処刑《しょけい》なりされる。そして妖精商人ギルドには、銀砂糖子爵の策略でレジナルドが死んだとでも伝え、事をうやむやにしようというつもりなのだろう。

「妖精の始末がついたあと、国王陛下へ報告する。国王陛下から正式に銀砂糖子爵の身分を剝《はく》奪《だつ》して頂き、処罰《しょばつ》を下す。そなたも拘束《こうそく》する。ハルフォード」

「ハルフォードはわたしの命令に従っただけだ」

ヒューがサリムの手を押しはなし、足を引きずりながら進み出てきた。ダウニング伯爵とアンの間に立ちはだかる。

「わたしが無理矢理《むりやり》、彼女に命じた。一職人が、わたしの命令に逆らえるはずはない」

「ヒュー！」

「黙《だま》っていろ！」

背中越《ご》しにヒューに怒鳴られ、アンは口をつぐんだ。

「罪はすべてわたしにある」

申し訳なくて、悔《くや》しくて、涙《なみだ》があふれてきた。

「ヒュー。ごめんなさい。もっと遠くまで逃《に》げられていたら……」

ここが見つかりさえしなければ、レジナルドだけは助けられた。そうなっていれば、妖精商人は銀砂糖妖精を育てる計画に協力してくれる可能性を残すことができた。ヒューの計画も犠《ぎ》牲《せい》も、無駄《むだ》にならずにすんだ。

けれどここでレジナルドが殺されてしまえば、いくら王家やダウニング伯爵が取り繕《つくろ》おうとも、妖精商人ギルドは怪《あや》しむ。今後いっさい、王家の関《かか》わる交渉には応じなくなる。

「ストーの怪我《けが》は、聞いている。ここが逃げ切れる限界だった。おまえは、よくやった」

ヒューがアンにだけ聞こえる声で、ふり返りもせずに囁いた。アンは強く首を振《ふ》った。よくやったと褒《ほ》めてもらう資格はない。結果が出せなかったことが悔しい。

「王権というのは、あくどいものだな」

低い艶《つや》のある声が、家の出入り口扉から聞こえた。いつの間に出てきたのか、レジナルド・ストーが脇腹《わきばら》をかばいながら、扉の枠《わく》にもたれかかり口元をゆがめて笑っていた。手負いの狼《おおかみ》は、それでも狼らしく挑戦《ちょうせん》的な輝《かがや》きの目をダウニング伯爵に向けていた。

「レジナルド・ストー。そなたは交渉を放棄した。我々は庶民の安全のため、やむなくそなたから、妖精の棺を召《め》し上げる」

「渡すつもりはない。取るというなら、わたしを殺してから取れ」

レジナルドは暗い灰色の目で、ダウニング伯爵を見据《みす》える。

「王家はわたしからすべてをはぎ取った。あの時は子供だったから、指をくわえてみているしかなかった。だがわたしは今、商人だ。対価なく商品を渡すことはできない。対価なくわたしから商品を奪《うば》い取りたいなら、わたしを殺せ。盗賊《とうぞく》のようにな。だがその結果、妖精商人ギルドがどう動くかは、わかっているだろうな」

「そなたを殺す必要はない。我々は、殺さぬ。ただ、また何者かに襲われぬように気をつけよ」

「妖精商人ギルドが敵に回るぞ」

「我々は殺さぬ。そなたの死で妖精商人ギルドが王家を疑えど、証拠《しょうこ》はない」

冷酷《れいこく》なダウニング伯爵の言葉や表情。それが孫娘《まごむすめ》が可愛《かわい》いと語った老人と、同じ人間のものとは思えない。

一つの体に二つの心が宿っているわけでもないのに、なぜこんな事ができるのか。感情を生む核心《かくしん》は一つのもののはずなのだ。孫娘を愛する心も、他《ほか》を無慈悲《むじひ》に殺そうとする心も。

「この国は終わるぞ」

静かにシャルが言った。ゆっくりとアンの前に進み出ながら、シャルは右掌《てのひら》を軽く開く。そこにきらきらと銀の光の粒《つぶ》が集まってくる。

聞き捨てならない言葉に、ダウニング伯爵《はくしゃく》が眉《まゆ》をひそめる。シャルはアンを背にかばいながら、ヒューの横をすり抜《ぬ》けダウニング伯爵と対峙《たいじ》した。

「なんと申した？　妖精」

「不満を持つ者と交渉一つまともにできない国は、滅《ほろ》びる。早晩滅びる国の法に従うのは、馬《ば》鹿《か》げている。……サリム」

ダウニング伯爵をまっすぐ見つめながら、シャルは呼びかけた。

「おまえの守るべき者を守れ。俺は俺の守るべき者を守る」

サリムがはっとした顔をするのを見て、ヒューは焦《あせ》ったように声をあげた。

「サリム！　聞くな！」

サリムは唇《くちびる》を嚙《か》み、強く頭《かぶり》を振った。ヒューを庇《かば》うようにして立つと、あいた手を剣《けん》の柄《つか》にかける。

「子爵《ししゃく》すみません。俺は守ります。あなたを」

シャルの手にも、銀の剣が出現していた。

「シャル！　待って！　まだ、待って！」

アンは駆《か》け出し、シャルの腕《うで》にしがみつく。

「こいつの考えは変えられない。こんなことをしていれば国は滅びる。それならそれでいい。知ったことか。国など滅びろ。だが、おまえだけは守る」

ダウニング伯爵はいち早く飛び退《の》き、兵士たちも剣を抜く。

明るい春の日射《ひざ》しに、無数の刃《やいば》が光を跳《は》ね返し乱反射する。

「ダウニング伯爵！」

アンは声を限りに叫《さけ》んだ。

「力だけではどうにもならないんです！　お願いです！　どうか！」

「わたしは王家を守り、国の安定を計るのだ！」

ダウニング伯爵の答えに、アンははっとする。

――この人も守りたいだけなんだ！

孫娘を愛しているからこそ、国の安定を守りたい。安定を守りたいから、無慈悲になる。

アンはシャルから離《はな》れると、前に出て両手を広げた。

「通しません！　誰《だれ》も！」

兵士たちが、困惑《こんわく》してアンを見つめる。彼らとて、丸腰《まるごし》の小娘《こむすめ》を馬で蹴散《けち》らすのは気が引けるだろう。アンができるのは、こうやって盾《たて》になることだけだ。

「ハルフォード。どけ。踏《ふ》みつぶすぞ！」

ダウニング伯爵の怒声《どせい》に、アンは怒鳴《どな》り返した。

「やってください！」

「なぜそこまでそなたがやる必要があるのだ！」

「王国と砂糖菓子《がし》の未来のためにです！」

ダウニング伯爵が、苦しそうな顔をする。

「わしには、わからぬ！」

「わからないなら、信じてください！　伯爵！　誰も争乱を望んでるわけじゃないんです！」

張りあげた声に、ダウニング伯爵がつと眉をひそめた。だが。疲《つか》れたようにぽつりと言った。

「ハルフォード……わたしも騒乱《そうらん》を望んでおらぬ。だから放置できぬ！」

そして急に表情を改めると、冷たい目をして右手を高く上げた。号令を発しようとした。

その瞬間《しゅんかん》、門の近くにいた兵士たちがわっと声をあげて逃げ散った。

ダウニング伯爵がぎょっとふり返り、アンも目を丸くした。一頭立ての馬車が、人がいるのもかまわずに庭に突《つ》っこんでくる。馬と兵士が逃げる。唖然《あぜん》としているアンを、シャルが横抱《よこだ》きにして飛び退いた。

乱入してきた馬車の手綱《たづな》を握《にぎ》る青年の姿に、アンは目を見開く。

「キース⁉」

馬車を操《あや》っているのはキースだった。彼は庭の真ん中で手綱を引き絞《しぼ》り、馬車を急停車させた。

砂埃《すなぼこり》が立つ。

キースは御者台《ぎょしゃだい》の上に立ち上がると、声を張った。

「国王陛下の勅命《ちょくめい》です！　みな控《ひか》えてください！」

七章　老いた獅子と招かれた幸福

一歩踏み出そうとしたダウニング伯爵の気配を察してか、キースは重ねて大声を発した。

「控えてください！　勅命です！　控えてください！」

馬をせき立てるために鞭《むち》を使い続けたのか、キースは汗《あせ》だくだ。肩《かた》で息をしながら、彼は上衣《うわぎ》の内側から丸めた羊皮紙を取り出すと、さっとうち広げた。

羊皮紙には大きく国王のサインがあり、国王の玉璽《ぎょくじ》が押してある。

「宰相《さいしょう》コレット公爵《こうしゃく》および財務大臣バイゴット伯爵が、妖精《ようせい》商人ギルドとの交渉《こうしょう》を了承《りょうしょう》しました！　妖精商人ギルド代表レジナルド・ストーは、妖精の棺《ひつぎ》とともに王城へ伺候《しこう》するようにとの国王陛下の勅命です！」

その玉璽を見せつけるように、キースは羊皮紙を高く掲《かか》げた。

──了承した？

アンは庭の真ん中で兵士たちを前に突っ立って、啞然とキースの言葉を聞いていた。

兵士たちをかき分け、ダウニング伯爵がキースの立つ御者台へ馳《は》せ寄ってきた。

「どういうことなのだ!?　パウエル!?」

乱れた息を抑《おさ》えるようにしながら、キースは答えた。

「妖精商人ギルドが所有する妖精と、その交換《こうかん》条件に関してどう対処するべきか。銀砂糖子爵は国王陛下に直接、伺《うかが》いを立てる信書をお書きになりました。それを僕が、陛下にお届けしました。そのお返事が、これです」

ダウニング伯爵はキースの手から羊皮紙をひったくると、まじまじと見つめた。蒼白《そうはく》になる。

「陛下は……わしの判断をご存じで、このようなものを書かれたのか？」

ヒューが足を引きずりながらも、ダウニング伯爵に歩み寄った。

「ご存じです。信書には伯爵の方針と、それを実行に移されている旨《むね》も、書かせて頂いた」

「わしの判断に、否《いな》と申されている。そういうことか」

「ダウニング伯爵の独断専行に関して、伯爵にはそれなりのものをと仰《おお》せです」

ようやく息が静まったらしいキースは、厳しい表情で告げた。そして上衣の内側から一通、封書《ふうしょ》を取り出した。

「これを伯爵にと。預かって参りました」

ダウニング伯爵は封書を受け取ると、苦くヒューに笑いかけた。

「独断専行……。陛下のご意思がわしと違《ちが》うとなれば、わしこそ反逆者ではないか。マーキュリー、そなた。……やってくれた」

「陛下のご意思があなたと同様であれば、わたしが反逆者だ。あなたの筋書きが、正しい筋書きになるはずだった。これはわたしにとっても、賭《か》けだった」

ヒューはダウニング伯爵をいたわるような口調で言った。

ようやくアンは、状況《じょうきょう》を把握《はあく》した。

キースはヒューの信書を携《たずさ》えて、王都ルイストンへ向かったのだろう。たとえ銀砂糖子爵の信書を携えていたとしても、一介《いっかい》の職人が王城の門をくぐるのは容易ではない。しかしキースは、前銀砂糖子爵エドワード・パウエルの息子《むすこ》なのだ。前銀砂糖子爵が亡《な》くなってまだ、二年と経《た》っていない。キースの顔も王城では知られているし、その彼が銀砂糖子爵の信書を持って現れたとなれば、最短の時間で国王への謁見《えっけん》が可能だ。

そしてキースは国王エドモンド二世に信書を渡《わた》し、ダウニング伯爵が実行しようとしていることについて報告したのだ。

「陛下が。なぜに」

疲れたように呟《つぶや》いた老臣に、ヒューは静かに答えた。

「陛下自らが、お考えになったからでしょう」

ダウニング伯爵《はくしゃく》はエドモンド二世の即位《そくい》を後押しし、王族と同等の扱《あつか》いを受ける重臣だ。かたやヒューは、銀砂糖子爵《ししゃく》になってまだ二年足らず。国王への影響力《えいきょう》は、圧倒《あっとう》的にダウニング伯爵の方が強い。

そのダウニング伯爵の判断に対してヒューが異議を申し立てたところで、分が悪い。

エドモンド二世はダウニング伯爵の対処をよしとして、逆に、伯爵に反抗《はんこう》するヒューを厳しく罰《ばっ》する可能性が高い。そう思っていたから、ヒューは賭けだと言ったのだろう。

――国王陛下は、安易な道を選ばなかった。

優《やさ》しい青い瞳《ひとみ》の国王の顔を思い出す。

考えることを他人に任せ、その責任も他人に押しつけるのであれば、ダウニング伯爵の判断をよしとすればいい。だがエドモンド二世は自分で考えたのだろう。考え、そして判断した。

ダウニング伯爵の判断に、否と。

――ありがとうございます。

遠くルイストンにいる国王に、跪《ひざまず》きたい思いだった。

「陛下が……」

言うなり、ダウニング伯爵は疲れたように笑った。

「さて……この反逆者たるわしに、陛下はそれなりのものをと仰せらしいな」

ダウニング伯爵は封筒《ふうとう》を開き、手紙に目を落とす。その手が震《ふる》える。ダウニング伯爵はじっと手紙を見つめたまま動かなかったが、しばらくするとぎゅっと目を閉じ、疲れたように手紙を握ったまま肩を落とした。

その手から手紙が落ちた。風にあおられた手紙がふわりと舞《ま》って、アンの足元に落ちた。

見おろすと、流麗《りゅうれい》な文字で書かれた文面が読めた。

『ダウニング。そなたに様々な気苦労をさせてすまぬ。このたびのことも、そなたはさぞ気をもんでのことであろう。幼いころから余を守ってくれるそなただ。このたびも余と王国を守るためにと、決断したことであろう。だが余は国王であり、もう幼子ではない。決断するべきは余であり、そなたに責任を負わせることをよしとしない。決断はどうか、余の手にゆだねて欲しい。そなたの働きに感謝する』

それだけだった。そこにあるのは感謝と、自らの決意を語る言葉だけだった。

先刻までの騒乱が嘘《うそ》のように、庭は静かだった。

白い蝶《ちょう》が二匹《ひき》、ひらひらとじゃれあいながら、兵士たちの間を飛んでゆく。

ダウニング伯爵は動かない。その姿に、なぜか痛ましささえ感じる。

アンは足元に飛んできた手紙を拾い上げ、ダウニング伯爵のもとに歩いて行った。

「陛下のお気持ちです。なくされたら、大変です」

差し出すと、ダウニング伯爵はゆっくりと顔をあげ手紙を受け取った。そしてアンとヒューの顔を交互《こうご》に見ると、苦笑いした。

「陛下は、自分はもう幼子ではないと仰せだ。ならばわしは、老いたのか……。陛下のお心は、そなたらと同じだ。わしにはそれがわからぬ」

「老いたのではなく、怖《こわ》さをよくご存じだからです。伯爵様は内戦の時は大人で、責任があった。戦場に行った。自ら戦った。苦しかった。だからそれを怖がる思いがわたしたちよりも強

くて、当然です。わたしたちは怖がる気持ちが少ない分だけ、選ぶ道が広くなるだけです」

戦場で愛する息子を失い、たくさんの仲間を失ったならば、それを二度と味わいたくないと思っても当然だ。極端《きょくたん》にそれを恐《おそ》れるのは、彼が愛情深い人だからに違いない。

「そなたたちは恐れぬ。若者は、恐れ知らずだということを忘れていた。それが新しい道になることすらもな。忘れていたということは、老いであろう。そうは思わぬか、マーキュリー」

呼ばれてヒューは、いつものようにおおらかな笑《え》みで答えた。

「どうでしょうか」

「謝罪はせぬぞ。わしはわしの信念に従った。だが、……傷は早く治せ。銀砂糖子爵の新たな後見人が決まるまでは、まだ時間があろう。その間に養生せよ」

「新たな後見人とおっしゃいましたか？　伯爵」

「陛下の御心《みこころ》とはかけ離《はな》れてしまうほど老いたる者が、もはや陛下のおそばにはお仕えできんであろう。わしは陛下に申し出て、隠居《いんきょ》するべきだ」

「しかしそれは」

「それがわしの責任の取り方だ」

ダウニング伯爵は強い言葉で断言した。

「後見人として、最後に命じる。銀砂糖子爵。陛下のご意思どおり、妖精《ようせい》商人ギルド代表のレジナルド・ストーを、王城へ伺候《しこう》させよ。必ず妖精の棺《ひつぎ》を持参させよ。そしてそなたは陛下の出された王命に従い、銀砂糖妖精を育てる仕事を続けよ。以上だ。わしは、引きあげる」

きびすを返し、ダウニング伯爵は兵士たちに向かって声を張った。

「引きあげる！　タッソー伯爵《はくしゃく》の兵士は、州城へ帰還《きかん》せよ。我が兵は、ウェストルへ帰還！」

兵士たちは命令に応じ、馬首の方向を変える。ダウニング伯爵を迎《むか》え入れる馬車の扉《とびら》が開かれる。歩き出したその背中に、アンは思わず声をかけた。

「ダウニング伯爵！」

ふり返る老臣に、アンは言った。

「お孫さんの結婚式《けっこんしき》の砂糖菓子《がし》は差しあげられませんでした。だから、伯爵様のために砂糖菓子を作ります」

――幸福を招きたい。

それは自然と、胸からあふれた思いだった。

王国の内乱で戦い、それを鎮《しず》めて、ダウニング伯爵は深く傷つき恐れを覚えた。そして平安を守りたいがために、様々なことを恐れ、未《いま》だに戦おうとしていたのだ。シャルやレジナルドや、不安をかきたてるものを消そうとした。

内乱が終わって十五年が経っても、伯爵の胸にはまだ不幸な影《かげ》が住み着いていたのだろう。

それならば不幸が住み着いた心に、幸福を招きたい。彼が表舞台《おもてぶたい》から退くというならば、その後に平穏《へいおん》で楽しい時が訪《おとず》れるように祈《いの》りたかった。

ダウニング伯爵はどこかすっきりした笑顔を見せた。

「頼《たの》もう。ハルフォード。美しい砂糖菓子を作れ。わしのために」

強く頷《うなず》き、アンは膝《ひざ》を折った。

「はい。長い間王国の守護者でいらした、伯爵様のために。作ります」

老臣は力強い歩みで歩き去った。彼は老いてなお王国を守ろうと立ち続けた、守護者だった。


ヒューの怪我《けが》は、見た目よりもたいしたことがなかった。バルクラムの医者の見立てでは、肌《はだ》につけられた傷は二週間程度で綺麗《きれい》に治るとのことだった。一番やっかいなのは右足首のねんざらしかったが、それでも一ヶ月で後遺症《こういしょう》もなく完治するらしい。

ダウニング伯爵が引きあげた後、ヒューはバルクラムの医者の家にとどまった。

ヒューとサリム、キャットにベンジャミン、さらにキースまでもが医者の家に滞在《たいざい》することになり、ずいぶん賑《にぎ》やかだった。

医者はヒューも怪我人だからと、彼と彼の連れ全員の滞在を許可したのだから太っ腹だ。

ヒューがこの医者の家に滞在を決めたのは、怪我の治療《ちりょう》が表向きの理由だった。だが彼がこの機会を逃《のが》さず、レジナルドとの交渉《こうしょう》を進めたいのはあきらかだった。

しかしレジナルドは怪我を理由に、病室にあてられている部屋から出ようとしない。ヒューが入ろうとすると、気分が悪い、傷が痛いと言っては、交渉を拒否《きょひ》している。そのくせ妖精商人ギルドへはしっかりと手紙を書き、迎えをよこすように指示しているようだった。

レジナルドは妖精商人ギルドの迎えが来るまで、こうやって銀砂糖子爵との面会を避《さ》け、交渉をしないつもりかもしれなかった。

さすがのヒューも苦い顔をしていた。交渉のテーブルに着いてもらわなければならないが、力ずくでどうにかできるものではない。

ダウニング伯爵が去ってから四日目の昼間、レジナルドに手紙が来た。アンは三度の食事を彼に運んでいたので、昼食の食器を下げるついでにその手紙を持って行った。

手紙を受け取ったレジナルドは、すぐに封《ふう》を開けた。そしてにんまりと笑ったのだ。

「お嬢《じょう》さん。世話をかけたな。明日、わたしの迎えがここに来る。銀砂糖子爵に伝えてくれ。その足で我々は王都ルイストンへ向かい、王国との交渉に入りたいと」

「わかりました」

頷いた後に、アンは持っていた盆《ぼん》を抱《かか》えたまま、ベッドの脇《わき》にある丸椅子《いす》に座った。

「どうした、あんた。子爵に伝言しろ」

「その前に、お話があります」

アンはベッドの脇のサイドテーブルに目を移した。そこにはアンが作った、小さな妖精の砂糖菓子が置いてある。

——わたしは、ヒューに交渉を任されて失敗した。けど、もう一度できるなら。

レジナルドはヒューに会おうとしない。しかしアンのことは小間使いくらいにしか思っていないのか、こうやって食事の世話をする事も許している。ここでレジナルドに話ができるのは、アンしかいない。

「銀砂糖子爵との交渉には、応じてくれませんか？　子爵はあなたと交渉するために、自分の立場をかけたんです」

「それによって命拾いしたことは感謝する。だが、それとこれとは話が別だ。良い砂糖菓子ができようができまいが、わたしたち妖精商人には利益のないことだ」

「利益はあります。あなたにだって、幸福が舞《ま》い込んだ」

「腹を斬《き》られて死にかけたのが幸福か？」

「でも死ななかった。王家にたてついて、死ななかった。しかも税率に関して、交渉する権利を手に入れた」

「それは幸運だな。だがそれを砂糖菓子が導いたと、言えるか？」

アンは淡《あわ》く優《やさ》しい色彩《しきさい》の砂糖菓子の妖精をそっと手に取ると、彼の目の前に差し出した。

レジナルドは顔をしかめた。

「彼女の顔。思い出せませんか？」

「なんだ？　いきなり。忘れたと言っただろう。それがどうした。なにが言いたい」

苛立《いらだ》たしげに問うレジナルドを、アンはまっすぐ見つめた。

「エイミーは、子供を泣き止《や》ませるのがうまかった」

言った途端《とたん》、レジナルドの顔から表情が消えた。

「でも不器用で。力も弱くて。お料理もお掃除《そうじ》もできなかった。労働妖精にしては、あまり役に立たなかった。でも子供をあやすのだけはうまくて……」

「待て！」

レジナルドは、不審《ふしん》と警戒心《けいかいしん》が入り混じった、怒《いか》りに似た表情をしていた。

「あんたなぜ、その名前を知っている」

「エイミーという名前の妖精は、この家に買われたんです」

この家にレジナルドが担《かつ》ぎ込まれた夜、老医師はとても懐《なつ》かしそうにアンに話して聞かせた。この家にいた、エイミーという妖精のことを。

「不器用で家事も下手《へた》で、お医者様も困ったらしいです。けれど子供を泣き止ませるのがうまくて、子供の患者《かんじゃ》が来たときにはとても助かったから、ずっとここに置いてくださったって。エイミーはずっと、ここに売られる前に自分が子守《こもり》していた少年のことを気にしていたって」

アンの手にある妖精の砂糖菓子は、柔《やわ》らかな膝の丸みと白さ、淡《あわ》いピンクの、まっすぐな細い髪《かみ》。優しい色彩の妖精だ。

「その少年はご両親が王家に逆らった罪で殺され、祖母と二人きりで残されて。ノーザンブローに住んでいたそうです。稼《かせ》ぎのない子供と老人だから、持っているお金もすぐに底をついて……。だからエイミーは自分を売ってお金に換《か》えてくださいって、お婆《ばあ》さんに頼んだそうです。でも孫が納得《なっとく》するはずはないから売るわけにはいかないと、断られたらしいです。けれどお金はなくなる一方で。考えた末にエイミーは、お金を盗《ぬす》むふりをしたそうです。そしてわざと、彼に見つかるようにした。彼は怒《おこ》って、エイミーを売った」

「そんなはずはない」

レジナルドは、呻《うめ》くように答えた。

「あのエイミーとそのエイミーという妖精が、同じ妖精だとは言えない」

「お医者様は、この砂糖菓子を見てエイミーにそっくりだと言いました」

「顔がないのにか？」

「そうです。この優しい色と、雰囲気《ふんいき》がそっくりだって。でも、お医者様の思い過ごしかもしれない。同じ名前で、似たような色をもっている、違《ちが》う妖精かもしれない。顔がわからないんですから。でも……」

アンは立ち上がり、シーツに覆《おお》われたレジナルドの膝の上に砂糖菓子《がし》を置いた。

「ここにいたエイミーの瞳《ひとみ》は、春の空のような青色だったと、お医者様は言っていました」

レジナルドははっとしたように、砂糖菓子を見おろした。

「エイミーの瞳の色は何色でしたか？　思い出せますか？」

レジナルドは答えなかった。砂糖菓子の妖精《ようせい》の、なだらかな凹凸《おうとつ》だけの白い顔を見ている。

「偶然《ぐうぜん》かもしれません。ここに導かれたのは、単なる偶然で。ストーさんの命が助かったのも、偶然幸運だっただけかもしれない」

レジナルドの身に起きた偶然や幸運が、砂糖菓子の招いたものだとは誰《だれ》も断言できない。だが砂糖菓子が招く幸福や幸運は、こんなふうに驚《おどろ》くような結果を招く。

だから誰もが欲しがるのだ。思いも寄らない偶然の幸福に頼《たよ》りたいときは、誰にだってある。

――それを感じてくれたなら。

「砂糖菓子は、誰にだって幸福を招いてくれる。必要だと思ってくれるなら、銀砂糖子爵との交渉の席に着いてくれませんか？」

レジナルドは動かず、答えなかった。

――無理かな。やっぱり。

それでも、エイミーのことを伝えられたのだけは良かった。

アンは食器を片付けると、部屋から出て行こうとした。扉《とびら》を開けた時に、背後からレジナルドの声がした。

「エイミーの目は、淡い青だった。春の空のように」

低くて魅惑《みわく》的な大人の声のどこかに、少年のような無垢《むく》な響《ひび》きがわずかにあった。

ふり返ると、レジナルドはまだ砂糖菓子を見ていた。その両手が戸惑《とまど》いためらうように、砂糖菓子に触《ふ》れる直前で、包み込むような形でとまっていた。灰色の狼《おおかみ》の瞳が揺《ゆ》れている。

「思い出せて、よかったです」

「エイミーはどうした？」

砂糖菓子を見つめながら、レジナルドは淡々と訊《き》いた。アンは首を振《ふ》った。

「死んで、消えたそうです。ここに来て数年で。でもここで治療を受けて、エイミーに泣き止ませてもらった子供たちは彼女が大好きで。彼女のお墓をつくってくれたそうです。彼女の体は消えてしまったけれど、庭の隅《すみ》に、小さな石をつんで花を供えて。その子たちも、もう立派な大人になったって」

部屋を出ると、アンは扉にもたれかかった。微笑んで、目を閉じる。

――エイミー。ストーさんも、立派な大人になってるね。ちょっと、性格悪いけど。

この場所にレジナルドを呼び寄せたのは、彼女かもしれない。彼女の体を形にしていた妖精のきらきらした光は、今も、この家の中や庭に漂《ただよ》っている気がしてならなかった。

レジナルドは交渉《こうしょう》の席に着くとは答えてくれなかった。けれど諦《あきら》めるつもりはなかった。彼が王城に出向くのならば、彼の周囲をうろついて、幾度《いくど》でも粘《ねば》り強く頼《たの》み続けるのだ。交渉の席に、一度でも着いて欲しいと。それがアンにできる仕事だ。

納屋《なや》の中に置かれた荷馬車の荷台に、ラファルの棺《ひつぎ》はずっと載《の》せられている。こそりとも、音がしない。荷馬車に馬をつけ終えたシャルは、荷台に回りこんで棺の蓋《ふた》に指を滑《すべ》らせた。

「ラファル」

呼びかけても、当然返事はない。

納屋の軒先《のきさき》をちょんちょんと移動する小鳥のかるい足音が、いやに耳につく。

今日はレジナルド・ストーに迎《むか》えが来る。彼は妖精商人ギルドの主立った者たちと一緒《いっしょ》に、ルイストンへ向かい、この棺を携《たずさ》えて国王と交渉するという。

ヒューもレジナルドとともにこの医者の家を出て、ルイストンへ向かうことを決めた。妖精商人の一行を守りながら、彼らを無事にルイストンまで連れて行くつもりらしい。シャルやアンを含《ふく》めた全員が、今日出発することになった。

そのために家の中はてんやわんやで、特にアンとミスリル、キースは、あれこれと荷造りしたり、道中の食料を調達したりで大忙《おおいそが》しだ。

キャットは食料調達や荷造りなど、実生活の細々《こまごま》した段取りが苦手らしく、船を漕《こ》ぐベンジャミンを肩《かた》に乗せ、ただなんとなくうろうろしているだけだ。

ヒューはさすがに子爵様《ししやく》で、自分の準備はすべてサリムに任せている。

シャルも細々したことはやりたくないしやる気もなかったが、アンに馬車の準備を頼まれたので、仕方なく納屋に来たのだ。

今日バルクラムを出発すれば、五日もあればルイストンに到着《とうちゃく》できるだろう。そうすれば妖精商人ギルドと王家との交渉がはじまる。

交渉はおそらく、互《たが》いに譲歩《じょうほ》した条件で折り合いをつけるだろう。そしてこの棺は王家に引き渡《わた》され、すぐにでもラファルの羽は引き裂《さ》かれ、彼は消えてなくなるはずだ。

同じことならば、人間の手で消すよりもシャルの手で消してやりたかった。

しかしそれはかなわない。ラファルは取引の条件として使われているのだ。そして人間たちが彼を憎《にく》み、消してしまおうとするのも当然だろう。

ラファルは多くの人間を無益に殺したし、殺すことを命じた。罪は償《つぐな》わなければならない。

エリルは結局姿を現さない。この場所を探し当てることができなかったのかも知れない。エリルが知らないうちにラファルが人の手に渡り、消えてしまう。それは哀《あわ》れではあったが、致《いた》し方ないことでもある。

「シャル？　荷馬車の準備は終わった？　そろそろ妖精商人ギルドの人たちが来る時間だよ」

キースが納屋の中に入ってきた。

「終わった。庭に引き出せ」

「ありがとう」

キースは荷馬車につけられた馬の轡《くつわ》を手にすると、歩き出そうとした。だがふと思いついたように、足を止めてふり返った。

「そうだシャル。言っておきたかったんだ。君はアンに冷たくあたる必要はないってこと」

「いきなりなんの話だ？　坊《ぼう》や」

眉《まゆ》をひそめる。

「君はなにか考えがあって、僕とアンが、恋人《こいびと》同士になればいいって思ってくれてるみたいだよね。気持ちはありがたいけれど、それは嬉《うれ》しくないんだ。僕は君と対等にアンを好きでいて、そしてその上で、アンに僕を選んで欲しいんだ。君が駄目《だめ》だから僕を選んだなんて、思いたくない。だから君は、アンに冷たくしないで」

その言葉に呆《あき》れた。

——何を考えているんだ、この坊やは。

好きな女を競《きそ》う相手は、いない方がいいに決まっている。なのにわざわざ、アンに冷たくするなと言う。正々堂々と戦う事を誓《ちか》いあってから剣《けん》を交える、のんきな決闘《けっとう》のようだ。

けれど彼の真剣《しんけん》な表情は、のんきとはかけ離《はな》れている。真剣だからこそ、公正でありたいのかもしれない。ふっ、とシャルは笑ってしまった。

「うらやましい坊やだな」

彼の純粋《じゅんすい》さは、まっすぐな子供のようで可愛《かわい》いとさえ思えた。

笑われたのが不満だったのか、キースはちょっと不機嫌《ふきげん》な顔になる。

「君がアンに冷たい態度をとり続けるなら、僕はアンに君のことを話す。君はアンが好きでたまらないのだって」

「よせ。余計な事をして、あいつを混乱させるな」

むっとすると、キースは笑った。

「よせということは、君、認めたねシャル。君はアンが好きなんだね」

苦い表情で否定しようとしたが、それを封《ふう》じるようにキースは強引《ごういん》に言葉を継《つ》いだ。

「僕も銀砂糖子爵に言われたんだ。素直《すなお》になるのはいいことなんだってね。ねぇ、約束してくれないかな？　シャル。アンには冷たくしないで。思うままに振る舞《ま》ってくれるって」

シャルは百年以上の時を生きている。対してキースは十九年しか生きていない青年だ。しかし恋や愛に関して、彼はシャルと同等らしい。百年生きた時間のほとんどを、柔《やわ》らかで温かい感情と無縁《むえん》で生きていたシャルのほうこそ分が悪いのかもしれない。

人間は面白《おもしろ》いと思う。たった十九年しか生きていない青年が、愛や恋のやりとりについては、まるで熟練の戦士のように堂々としている。彼らは短い時しか生きられないが、その分なにもかもすぐに吸収して、成長するのが著《いちじる》しいのかもしれない。

まっすぐに向き合ってくる者には、敬意を払《はら》う必要がある。気持ちを隠《かく》し、誤魔化《ごまか》すのは卑《ひ》怯《きよう》だ。

「約束しよう」

頷《うなず》いた後、シャルはからかうようにちらりと笑った。

「だがそれであいつが、俺になびいたらどうしてくれる？」

「大丈夫《だいじようぶ》だよ。アンは僕に、恋してくれるから。僕がそうしてみせるから。心配ない」

断言すると、馬の轡を握《にぎ》りなおしてキースは出て行った。

おかしさがこみあげてきて、シャルは声を殺して笑い続けた。不思議と愉快《ゆかい》だった。


レジナルド・ストーはアンの手を借りて、医者の家の玄関先《げんかんさき》に出てきた。外の光がまぶしそうに、レジナルドは目をすがめる。庭には黒い棺を載せた荷馬車がキースの手で引き出されていたが、まだ妖精《ようせい》商人ギルドの迎えは来ていない。

「傷、痛みますか？」

アンの細い肩にしがみつくようにしていたレジナルドは、皮肉っぽく低い声で囁《ささや》いた。

「痛むな。あんたがもう少し出るとこが出てれば、気も紛《まぎ》れたのに」

「……どうせ……」

がっくりとしていると、納屋からシャルが出てきた。アンが腰《こし》をかがめて重そうにレジナルドを支えているのを見ると、眉根《まゆね》を寄せて近寄ってきた。

「かわれ」

「え、でも」

「いいから、かわれ」

強引にレジナルドの腕《うで》をひねりあげるようにして、アンの体からレジナルドを引き離すと、自分がレジナルドの体を支える。乱暴な扱《あつか》いに、レジナルドは顔をゆがめた。

「妖精。もっと慎重《しんちょう》にしろ」

命じ慣れた口調に、シャルは鋭《するど》い視線を向ける。

「貴様に命令される筋合いはない。今は何もしないでいてやるが、事の決着がついたあとは俺は何をするかわからん」

「好きにしろ。妖精商人が妖精に恨《うら》まれるのは当然だ。それが商売だ」

レジナルドは、こともなげに答える。

背後で扉《とびら》が開き、ヒューが姿を現した。銀砂糖子爵の略式正装ではなく普段着姿《ふだんぎすがた》だ。まだ右足首のねんざが痛むのか、サリムの肩を借りている。

「サリム。俺たちの馬車も庭に回せ。そろそろ妖精商人ギルドの連中が来る」

ヒューの命令に、サリムはちょっと困った顔をする。

「しかし子爵。誰《だれ》が子爵に肩を？」

「もう一人杖《つえ》がわりになれる奴《やつ》がいる」

そこでヒューは開きっぱなしになっていた扉の奥へ向かって、声をかけた。

「キャット！　肩を貸せ」

「……あぁ？」

とてつもなく不機嫌そうに、キャットが顔を出す。

「なんで俺がてめぇに肩を貸さなきゃならねぇ」

「サリムは馬車の準備がある。おまえが馬車の準備をするか？　あの大型馬車を器用に操《あやつ》れる自信があるならな」

言われるとキャットはちっと舌打ちして、サリムとかわってヒューの肩を支えた。サリムが家の裏手に姿を消すと、ヒューはにやにやしながら命じた。

「ほら、しっかり支えろ。ストーの近くへ行け」

キャットは、ぐぐっと歯を食いしばり一歩を踏《ふ》み出す。背が高いうえに筋肉質のヒューを支えるのは、細身のキャットにはかなりつらそうだ。

「て……てめぇ。わざと体重をかけてやがるだろう」

「気のせいだ。おまえがひ弱なんだ」

玄関扉《げんかんとびら》から、ミスリルとベンジャミンがちょこちょこと出てきた。ヒューを支えるキャットを見て、ミスリルがベンジャミンをふり返る。

「おい、ベンジャミン。キャットの奴、いじめられてるぞ」

「ちがうよ〜。キャットは子爵《ししやく》のために、喜んで肩《かた》を貸してるよぉ〜」

「これが喜んでるようにみえるか⁉」

眉をつり上げふり返ったキャットに、ベンジャミンは緑色の巻き毛をふわふわさせて頷く。

「う〜ん。嬉しそうだもん〜。よかったねぇ、キャットぉ〜」

「ベンジャミン、てめぇ！　ふざけんじゃねぇ！」

ベンジャミンは本気で、キャットが喜んでいると思っているのだろうか。ぼんやりした笑顔《えがお》に、キャットをからかうような雰囲気《ふんいき》があるのは気のせいだろうか。

ぷんぷんしながらも、律儀《りちぎ》なキャットはヒューを支えてアンたちのところまでやって来た。

レジナルドの前に来ると、ヒューは苦笑いした。

「やっとご対面だなストー。散々、頭が痛いだの傷が痛いだの、逃《に》げてくれたが」

「命を助けてやったと、恩着せがましく言われるのも好かんのでな」

「言わないさ。俺は交渉《こうしょう》をしたい」

「わたしはあんたと、交渉する気はない」

にべもなく言ったレジナルドの言葉に、アンはやっぱりねと肩を落とす。だけど諦《あきら》めるつもりはなかったので、今に見ていろと、ちらりとレジナルドの灰色の瞳《ひとみ》を見やる。

ヒューも肩をすくめた。

「まあ、いいさ。これからおまえさんたちは、ルイストンへ向かうんだから。時間はまだある」

その時、黒塗《くろぬ》りの車体に一本の赤い線が入った馬車が、遠くの丘《おか》の上に姿を現した。その馬車はまっすぐこちらにやって来た。馬車は門前で停車し、その中から二人の男が姿を現した。

一人は、捨てられた教会でレジナルドと一緒《いっしょ》にいた老人。一人は、レジナルドの居所をアンたちに教えに宿屋にやって来た、あの男だった。男のほうが、どこかほっとしたような顔で近づいてきた。

「迎《むか》えに来ました。レジナルド」

男も老人も、かっちりした上衣《うわぎ》を着て首にタイを結んでいた。これから王都へ向かい交渉に臨《のぞ》むための準備は、万端《ばんたん》整っているらしい。

「ご苦労だった。連絡《れんらく》したように、これからルイストンへ行くぞ」

レジナルドはシャルの肩を離《はな》れ、男の肩につかまった。老人が気遣《きづか》うように、その背後につく。ヒューがその背に声をかけた。

「俺たちもおまえの馬車について、ルイストンへ向かう。おまえさんたちを王城まで送り届けるのが、俺の役目だ。その後に、またおまえさんを訪ねる。ルイストンにいる間に、一度は交渉の席についてもらうぞ。ストー」

「しつこい。交渉はしない」

「してもらう」

ヒューもゆずらなかった。しかしさらに、レジナルドが背中越《ご》しに言葉を重ねる。

「交渉の必要はない、銀砂糖子爵。あんたの依頼《いらい》は引き受ける」

不機嫌《ふきげん》そうに発せられた言葉の意味がわからず、アンはきょとんとした。ヒューも訝《いぶか》しげな顔をしている。しかしゆっくりと氷が溶《と》けるように、言葉の意味がアンの中に染《し》みこんでくる。

啞然《あぜん》とした。

「引き受けるって言ったの⁉　ストーさん⁉　でも今、子爵と交渉する気はないって」

「交渉する気はない。当然だろ。もうわたしは、あんたたちの依頼を引き受けることに決めた」

そこでレジナルドはふり返り、歯をむき出すようにして笑った。

「あんたたちが信じるものを信じて、感謝したわけではない。だがわたしたちは商人だ。支払《しはら》われたものに対して、同等のものを引き渡《わた》す。それが商売というものだ。我々のルールだ」

職人たちが支払ったのは、立場を賭《か》けて交渉相手を守った砂糖菓子《がし》の未来に対する覚悟《かくご》だ。その覚悟に、妖精商人もまた応《こた》えたのだ。彼らのルールを以《もっ》て。

──応えてくれた……。

朝日が世界を照らす時のように、心に明るいものが強く広がってくる。

──応えてくれた！

言葉の意味を理解し、ヒューも啞然としていた。しかしすぐに安堵《あんど》の表情になると、心からほっとしたようにため息をつく。

「感謝する。レジナルド・ストー」

ため息とともに漏《も》らされた言葉に、レジナルドは軽く手を振《ふ》った。

「ただのルールだ」

再び前を向き歩き出そうとしたレジナルドは、ふと何かに気がついたように動きを止めた。

レジナルドの灰色の瞳に、切なさに似た光が揺《ゆ》れた。

「銀砂糖師のお嬢《じょう》さん」

広い背中を見せたまま、レジナルドが低い声で呼んだ。

「そこの庭の隅《すみ》に、石が積んである。それに一つ、花でも捧《ささ》げてくれ。わたしのかわりにな」

レジナルドの視線の先には、子犬ほどの大きさの三つの石が重ねられた塚《つか》があった。周囲には春のとりどりの草花が咲《さ》き誇《ほこ》って、塚を覆《おお》うようになっていた。

それがなんのために積まれた石なのか、アンは老医師から聞かされていた。

「わたしではなく、ストーさんが」

「わたしには資格がない。あんたが捧げろ」

レジナルドは再び歩き出した。彼がゆっくりと馬車に乗り込んでいると、家の裏手からサリムが、ヒューの馬車を引き出してくる。シャルが廏《うまや》に向かい、彼が乗るための馬を引き出す。

「俺たちも出発だな」

晴れやかな笑顔でヒューが告げた。

「ルイストンに帰れば、忙《いそが》しくなるぞ。妖精商人《ようせい》ギルドの協力が得られたんだ。仕事にかかる」

みんなが出発準備のために動き出すと、アンは急いで家の裏手に回った。家の裏手には、可愛《かわい》いピンク色の大輪の花が咲いているのを知っていたからだ。それを一枝おり取ると、庭の塚の前に走った。しゃがみこみ花を添《そ》え、塚の石にそっと優《やさ》しく触《ふ》れる。

「エイミー。ストーさんから、あなたにお花よ」

優しい春の風が吹《ふ》き、塚の周りを覆う草花が笑うように揺らめいた。

村の教会が鐘《かね》を鳴らしている。薄《うす》い青い空に鐘の音は吸い込まれる。春の太陽の光は、きらきらしていた。

レジナルド・ストーが王城に入ったのを見届け、ヒューはルイストン別邸《べってい》へ帰った。さすがに傷がこたえているらしく、数日は休むと言っていた。

アンはキースとともに工房《こうぼう》に戻《もど》った。シャルとミスリルも当然、アンと一緒に彼らの工房に帰宅したし、キャットとベンジャミンも、あたりまえのような顔をして工房に入った。

その日の夕食は久しぶりにゆっくり食べられた。ベンジャミンが張り切って、ミスリルと一緒にたくさんの料理を用意した。香《かお》りのいい香草《こうそう》のサラダも、柔《やわ》らかく煮込《にこ》んだ鶏肉《とりにく》も、ジャガイモのスープも、パンプディングも、人間たちを幸せな気分にするのに役だった。

上機嫌《じょうきげん》なのは妖精たちも同じで、ミスリルはワインを飲み過ぎて酔《よ》いつぶれた。

夕食後、シャルは酔いつぶれたミスリルを連れて部屋に帰った。ミスリルをベッドの上に放《ほう》り投げてから、窓辺に向かう。

窓を開け窓枠《まどわく》に腰掛《こしか》け、春の夜空をみあげる。ぼんやりときらめく星の光は、エリルの瞳を連想させた。彼はいったい今、どこにいるのだろうか。何を考えているのだろうか。

ラファルのように人間すべてを恨《うら》み、憎《にく》まないで欲しいと願う。

人間も、悪くはない。今のところ人間王エドモンド二世は、シャルとの約束を果たそうとしている。もし人間王が純粋《じゅんすい》であってくれるならば、妖精と人間の未来はすこしずつ変化していけるかも知れない。シャルは人間王の行いを、注意深く見定める必要がある。

しばらくすると、夕食の後片付けを終えたアンが部屋に入ってきた。シャルが窓辺にいるのを認めると、まっすぐ部屋を横切ってこちらに来た。

「シャル？　どうしたの？　眠《ねむ》れないの？」

「いや。すこし……考え事だ」

星の光を見あげると、アンもつられたように視線を上に向ける。そして彼女もシャルと同じ事を思い出したらしく、ぽつりと言う。

「シャルの兄弟石の彼、エリルだったっけ……。あの子、まだラファルを探してるのかな?」

アンは窓辺に両手をかけて、身を乗り出すようにして夜空を見あげる。

星空を見あげるアンの横顔は、美しかった。彼女はどんどん大人びてくる。出会ったころは麦の穂《ほ》のようにかさついていた髪《かみ》が、今は艶《つや》が増している。すこし背が伸《の》びてほっそりしているが娘《むすめ》らしい体つきになってきた。物思わしげな榛《はしばみ》色の瞳《ひとみ》を覆う瞼《まぶた》に、口づけしたい。

アンの幸福のためにも、アンはキースの恋人《こいびと》になるべきだ。その考えは変わらない。

だがキースはシャルに、思うまま《ま》に振る舞えと約束させた。

――馬鹿《ばか》な約束をした。

そう思うのだが、それが面白《おもしろ》いと思ってしまう。

――こいつの心を捉《とら》えろ、キース。

アンの幸福を願いキースが彼女の心を捉えるのを望みながらも、シャルは思いのままに振る舞うのだ。キースがアンの心を捉える未来を想像すると、全身を締《し》めつけられるように苦しい。

シャルはアンが愛《いと》しくてたまらない。それでもキースとアンの未来を望む。

理性が望む未来と、感情が望む未来がちぐはぐだ。

このちぐはぐなものを抱《かか》え、思いのままに振る舞ったらどうなるのだろうか。自らの理性や感情とは関係なく、運命にすべてをゆだねたなら、どんな結果になるのか。

運命が導く結果を、受け入れるのも悪くない。それがどんな結末でも。

それは自分の運命に喧嘩《けんか》を売っているような、そんな気分にさせられる。

窓辺についているアンの手の甲《こう》に、そっと触れる。びっくりしたようにアンがこちらを見た。

「おまえが気にする必要はない。おまえはこの手で、おまえのするべき事をしろ」

触れた指を腕《うで》に滑《すべ》らせ、肩《かた》までたどり、首から頬《ほお》に触れる。

「おまえの仕事の行き着く先は、おそらく、俺の望みと同じ場所だ」

薄暗《うすくら》がりの中でもはっきりわかるほど、アンの頬が赤くなる。軽く触れるだけで赤くなるのが面白い。もっとからかいたくなる。

その時。街路を駆《か》ける馬の蹄《ひづめ》の音が響《ひび》いた。音の方向に目をやると、闇《やみ》に沈《しず》む街路を一騎《き》の人馬が駆けてくる。近づいてきたその馬を操《あやつ》るのは、見慣れた人物だった。

「サリムさん？　こっちに来る」

アンが首を傾《かし》げる。シャルは嫌《いや》な予感がして、アンの手を握《にぎ》った。

「来い」

彼女を連れて部屋を出ると階段を駆《か》け下り、食堂を抜《ぬ》け作業場を抜けた。そして表通りに面した店舗《てんぽ》の扉《とびら》を開けた。ちょうど、サリムが店の前に到着《とうちゃく》したところだった。

手綱《たづな》を引いて馬をなだめたサリムは、シャルとアンがタイミング良く出てきたことに驚《おどろ》いたような顔をした。しかしすぐに安堵の表情になる。馬を下りると、ほっとしたように言った。

「お二人とも、変わりないようですね」

「どうしたの？　サリムさん。なにかあったの？」

アンが問うと、サリムは眉《まゆ》をひそめて答えた。

「ラファルが、消えました」

──消えた？

悪寒《おかん》を感じ、シャルの羽がぴりぴりと震《ふる》えた。

「彼の姿が消えてしまったので、お二人が危険かもしれないと子爵《ししやく》が心配されて。それでお二人のところへ行けと、命令を受けました」

「消えたって……どういうこと？」

「妖精商人と王家は交渉《こうしよう》中です。そのために、ラファルの棺《ひつぎ》は王城の奥に運びこまれていました。しかしそこに妖精が侵入《しんにゅう》しました。少年の姿をした銀色の髪の妖精だったとエリルだ。間違《まちが》いない。彼は諦《あきら》めていなかったのだ。手強《てごわ》いシャルが棺の側《そば》を離《はな》れるのを待ち、彼は王城に侵入したに違《ちが》いない。

「ラファルはその少年妖精によって、目覚めさせられたらしいのです。彼らは逃《に》げました」

アンが不安げにシャルを見あげ、思わずのようにシャルの手を強く握った。シャルも無意識に、アンの手を強く握り返していた。

──ラファルが目覚めた。

春の夜は静かだ。空を飾《かざ》る星が白銀に光りまたたいている。

あとがき

皆様《みなさま》いかがお過ごしでしょうか。心理的には山あり谷ありなのに、環境的《かんきょう》には残念なほどフラットに過ごしている三川《みかわ》みりです。

前回のあとがきで「ここからここまでが、○○編かな～」と勝手に書いたのですが、それを採用頂きまして、実は七巻からカバーの折り返しにある既刊紹介《きかんしょうかい》に「○○編」と入れて頂けたのでした！　気がつかれたでしょうか？　ちょっとかっこよくて嬉《うれ》しいです。細かなところまで気を配ってもらえるシュガーアップルは、つくづく果報者。

ということで（仮）がとれ、晴れて正式名称《めいしょう》となった銀砂糖妖精《ようせい》編。第二弾《だん》です。

今回はヒューとキャットが、わりとがんばりました。

ヒューは一冊の中で、最初から最後までストーリーの中心にいるというのは初ではないかと。さらに出番は少ないのに、なぜか皆様に受けが良いキャット。彼も珍《めずら》しく、かなりのご活躍《かつやく》。キャットとヒューが直接顔をあわせる場面を書いたのは初めてでしたが、なかなか楽しめました。仲良く喧嘩《けんか》するというのは、良いものだな～と。

アンとシャルはお互《たが》いにもやもやしておりますが、二人とも初恋《はつこい》ということで、温かく見守って頂ければ。しかしさすがにシャルの忍耐《にんたい》もそろそろ限界だろうな……と、いうことで。乞《こ》うご期待（？）でございます。

さて。アンたち一行が皆様にお目見えして、早二年です。デビューからずっとお世話になっている担当様には、深く深く感謝しています。担当様がいなければ、こんなに書くことはできなかった。ほんとうに、こうやって一緒《いっしょ》にお仕事させて頂けることが嬉しいです。

イラストを描いてくださる、あき様。念願かなって、今年はじめてお会いできて嬉しかったです。お話をさせて頂いて、さらにやる気がむくむくと。そのうえ今回の表紙！　ラフを見せて頂いただけなのですが、ヒューがかっこよすぎる！　大人の男！　感動です。毎回、毎回、ため息ものです。本当にありがとうございます。

読者の皆様。皆様が読んでくださったからこそ、アンたちは変化し、彼らを取り巻く人々も、作者が驚《おどろ》くほど増え、物語が成長しました。物語は皆様のお力によって成長していくのだと、つくづく感じています。

登場人物たちの行く先が何処《どこ》なのか。その目的地まで、お付き合い頂ければ嬉しいです。ではでは、また。

三川　みり

「シュガーアップル・フェアリーテイル 銀砂糖師と灰の狼」の感想をお寄せください。
おたよりのあて先
〒102-8078 東京都千代田区富士見2-13-3
角川書店ビーンズ文庫編集部気付
「三川みり」先生・「あき」先生
また、編集部へのご意見ご希望は、同じ住所で「ビーンズ文庫編集部」
までお寄せください。

シュガーアップル・フェアリーテイル 銀砂糖師《ぎんざとうし》と灰《はい》の狼《おおかみ》

三川《みかわ》みり

角川ビーンズ文庫 BB73-8 17348

平成24年4月1日 初版発行

発行者———井上伸一郎
発行所———株式会社角川書店
東京都千代田区富士見2-13-3
電話/編集(03)3238-8506
〒102-8078
発売元———株式会社角川グループパブリッシング
東京都千代田区富士見2-13-3
電話/営業(03)3238-8521
〒102-8177
http://www.kadokawa.co.jp
印刷所———暁印刷 製本所———BBC
装幀者———micro fish

ISBN978-4-04-100222-3 C0193 定価はカバーに明記してあります。

雨《あめ》川《かわ》恵《けい》
イラスト／まち
囚われから
はじまる愛は成立!?
奇妙でキケンな駆け引き
バトル、スタート!!
とらわれ舞姫の受難
〈剣ノ舞姫〉のルーナは、ある日いわれない罪で皇宮騎士に追われることに。逃げ出した先で、超美形な青年に出会うが「君を愛している――」と閉じ込められてしまい!?
好評既刊
とらわれ舞姫の受難 はた迷惑な求愛者
角川ビーンズ文庫